河出文庫

傷だらけの果実

新堂冬樹

河出書房新社

傷だらけの果実

プロローグ

　びっくりしたように見開いた眼、アヒルのように反らした上唇、傾げ気味の首――女は研究し尽くしたのだろう、相手の瞳に最高に魅力的に映る表情を作ってみせた。

　深く切れ込んだワンピースの胸元からは、これみよがしに作られた谷間が覗いていた。

「単館のレイトショーだったんですが、『獣達の午後』でマリエは評論家の方々から高評価を頂きました。物語中盤に追っ手から逃げて森で暮らすシーンがあるんですが、役に入るためにマリエは一週間独りで山小屋に籠り、鼠や昆虫を捕まえて食べたりもしたんです。自衛隊関係者の方から、鬼気迫るリアリティ感が出ていたとお褒めの言葉も頂きました。それから、彼女は黒瀬さんの作品の大ファンで、全作品観ているんです。昔から、黒瀬さんの作品に出るのが最大の目標っていうのが口癖で、その夢を叶えるために女優になったんです」

女——マリエの隣の席に座ったマネージャーの里山が、彼女がいかにいい女優であり、いかに黒瀬裕二に心酔しているかを並べ立てた。

もちろん、彼の口からはマリエにたいしての否定的な言葉は微塵も出ない。

「君が、ほかの女優に負けないと思うことは？」

裕二は、マリエに訊ねた。

興味があるわけでなく、むしろ「義務感」に近かった。

「う〜ん、なんだろう……演じている中でさりげないフェロモンを出せるってことですかね」

マリエが、胸の谷間をより強調するように前屈みになりつつ言った。

「さりげない」、が聞いて呆れる。

裕二は、じっとマリエに視線を注いでいたが、頭ではいつ切り上げようかとそればかり考えていた。

裕二が経営する映像制作会社「クランクイン」から徒歩一分の場所にある代官山・八幡通り沿いの瀟洒なダイニングカフェ……「ロンシャン」の個室は、キャスティング時の面接や打ち合わせに常用している店だった。

個室に入ってきたマリエをひと目みた瞬間、裕二は「ない」と判断した。

くっきりとした目鼻立ちに抜群のプロポーション――マリエは、十人が擦れ違えば八人は振り返るような美貌の持ち主だった。

だが、十五歳でデビューして十年、代表作は単館映画のレイトショーのみ。所属事務所の「スターゲイト」はそこそこ行政力のある大手で、名のある女優が何人か在籍している。

演技力どうこうの問題ではなく、マリエは女優で成功するタイプではないのだ。

美人でプロポーションさえよければ人気女優になれるほど、芸能界は甘くはない。

マリエは、どちらかと言えば水商売……キャバクラやクラブで人気が出る派手なタイプだ。

女優に必要なのは、美貌やプロポーションよりも清潔感と目力だ。

意外かもしれないが、売れている女優ほど、街でスカウトマンに声をかけられることはあっても、ナンパされることは少ないものだ。芸能界で脚光を浴びるほどの女優には独特の存在感があり、声をかけるほうも躊躇してしまう。

それを、裕二達はオーラと呼ぶ。

抜群の美貌の持ち主でもオーラがなければ、会社や学校のマドンナ程度で終わる。

まず、芸能界での成功はない。

マリエは、まさにそのタイプの典型だった。

今日だけで、まだ何人もの面接希望者がいる。マリエレベルの十人並みの「女優もどき」にこれ以上浪費する時間はない。

裕二は、アシスタントプロデューサーの北野に目顔で合図した。

「では、そろそろ次の面接がありますので。結果は、追ってご連絡します」

北野が、里山とマリエの顔を交互に見ながら退席を促(うなが)した。

「どんな端役(はやく)でも構いませんので、どうか、よろしくお願い致します」

席を立った里山が、深々と頭を下げた。

「頭に入れておくよ」

不合格者にたいしての決まり文句と気づきもせず一縷(いちる)の希望をかける里山から、裕二は視線を逸(そ)らした。ピンときた女優なら、頭に入れておかずとも印象が強烈に刻み込まれるものだ。

「だめですね」

里山とマリエの姿がみえなくなるのを見計(みはか)らい、北野が首を横に振った。

「だめってわかってるような女優を、なぜ呼ぶ？　時間の無駄だろう」

裕二は咎(とが)める口調で言いつつ、砂糖を載せたスプーンをコーヒーカップに三杯運んだ。

午前中は三杯、午後と夜はブラックと決めていた。

大学生のときからの習慣だ。本当は甘い物は苦手だったが、午前中だけは頭をクリアにするために砂糖を入れることにしていた。

「出演したＤＶＤやスチールじゃ、結構いい雰囲気だったんですけどね。実物は、ちょっとがっかりでしたね。いまふうに言えば、『盛（も）ってる』ってやつですよ」

「何年、俺のもとについてる？　動画や写真の段階で、光る存在じゃないとこっち側でなぜ見抜けない？」

「すみません……イマいち、その境界線がわからないんですよね」

北野が、肩を落とした。

「薔薇（ばら）の中のひまわりを探せばいいんだよ」

「え⁉　ひまわりの中の薔薇の間違いじゃないんですか？」

「間違いじゃない。芸能界で成功するのは、薔薇タイプじゃなくひまわりタイプだ。薔薇は完成度が高く、つけ入る隙もなく、人工的に作られた美のイメージがある。その点、ひまわりは、荒削（あらけず）りな中にも天然の魅力があり、力強いエネルギーに満ち溢れている。女優に置き換えれば、薔薇は化粧と整形で作り上げられた美女、ひまわりは田舎（いなか）の素朴（そぼく）な美少女ってところだ」

「薔薇とひまわりの比較でここまで語れるなんて……。社長の女優観には、ついてゆけませんよ」

北野が、外国人のように肩を竦めてみせた。

「お前、百万円分の馬券を一点買いしたらどうする？」

「そりゃもう、ドキドキもんでテレビに釘づけですよ」

「だろう？　俺らの仕事は、百万どころの話じゃない。映画制作は、数千万から数億……今回の企画は三十億の金が突っ込まれている。『賭ける馬』を選ぶのに命懸けにならなくてどうする？」

「なるほど！　そう言えばそうですよね！　映画制作は、ある意味、最大のギャンブルですもんね。まあ、みててくださいよ。実は、これからの面接の中に『超名牝』がいるんですよっ」

北野が、鼻息荒く言った。

ポジティヴで立ち直りが早いのが、北野のいいところだ。強欲な者達が己の自我をぶつけ合う芸能界で、なにかあるたびに心折れていたら身体がいくつあっても足りない。

「そうか。愉しみにしてるよ」

裕二は微笑み、甘ったるいコーヒーを無理やり喉に流し込みながら、ふたり目が訪れるのを待った。

☆　☆

「次が本命ですから！　絶対にビンゴの自信がありますっ」

「ゼロハリ」のアタッシェケースから取り出した宣材の束を渋い表情で捲る裕二に、北野が己を鼓舞するように力強く言った。

宣材とは、芸能プロダクションがテレビ局や映像制作会社に所属タレントを売り込むために作った写真付きのプロフィールだ。

「クランクイン」には、持ち込み、郵送、メールなどで日に最低十通の宣材が届く。映画やドラマの脚本の準備稿を制作する段階になると、多いときで千通を超えることもある。

もちろん、そのすべてに眼を通しているわけではなく、裕二の会社で雇っている三人のアシスタントプロデューサー達が十分の一くらいに絞って宣材を上げてくる。

裕二は、書類審査を通過した俳優達が集うオーディションの段階で選考員として初めて彼、彼女らと接するのだ。

ただし、手がける作品によっては名のある俳優が応募してくるので、そういう場合はオーディションではなく個人面談の形を取る。

今回は、後者のパターンだ。

裕二は、五ヶ月後の十月に、ハリウッドの巨匠——ダニエル・マーチン監督がメガホンを取る日米合作の映画……『レインボーナイト』の日本サイドのチーフプロデューサーに選ばれた。

過去に五十億円超えのヒット作を何作も世に送り出している裕二の名は、「敏腕プロデューサー」として海外の映画関係者の間にも知れ渡っていた。

普通、映画は監督のもの、というのが定説だが、裕二の場合は例外だ。

二十五歳のときに初めてプロデューサーとして作った映画——『無』は、躁鬱症の少女と自閉症の少年の恋愛を描いた作品で、制作費七百万と低予算ではあったが、海外の映画祭でグランプリを獲るという快挙を成し遂げた。

登場人物は主人公の少年と少女のふたりだけ。ふたりはひと言も発しない……つまり、作品の中で会話どころか独り言もないという、まるで無声映画のような作りだった。

その、ある意味斬新すぎる発想と美しい映像を兼ね備えた作品はグランプリ受賞という冠もあって、映画関係者の間では「今年最大の収穫」として話題を呼び、黒瀬裕二の名を瞬く間に広めた。

その後も彼は類い稀なる嗅覚と大胆な発想で「当たる原作」を探し出し、「当たる役者」をキャスティングしてきた。

デビューから三十三歳になる現在までの八年間で制作した映画は十本……そのすべてが話題作となった。

「希代のヒットメーカー」にキャスティングして貰おうと各プロダクションのマネージャーからひっきりなしに電話が入り、ひどいときなどその数は日に数十本に上る。今日も、午前中からの五時間で五人の女優と顔合わせをしてきた。このあとも、いまから会う女優を含めて三人が残っていた。

面接のときは「ロンシャン」に缶詰になるので、一日が終わる頃にはコーヒーで胃がガブガブになっている。

普通なら、相当の素材でないかぎりマネージャーからの電話にたいして居留守を使うか嘘を吐いて売り込みを断っている。毎日、すべての売り込みに応じていたら、ほかのことはなにもできなくなってしまうからだ。

だが、いまは『レインボーナイト』のキャスティングがあるので、積極的に売り込みに応じていた。

「お前、今回の映画のバジェットを、本当にわかってるのか？　いいか、三千万じゃない、何度でも言うが三十億だぞ？　今のところ連ドラで五番手程度をキープするのが精一杯の女優ばかりじゃないか。まあ、それなりには有名な女優ばかりだったが、まだまだ顔じゃない。国内の単館上映クラスなら主役は張れても、ハリウッドスター相手にヒロインを務めるにはインパクト不足だ」

裕二は、うんざりとした顔でダメ出しをすると、六杯目のコーヒーを自棄気味に胃袋に流し込んだ。

「だから、次が『メインディッシュ』ですって」

北野は、裕二が手に持つ宣材の束から一枚を抜き出し翳してみせた。

その拍子に、足元に別の宣材が舞い落ちた。

「今年の一月クールの月9で主役を張っていた神咲千尋です。彼女は、このドラマで性同一性障害という難しい役どころを見事に演じきり、辛口で有名な富沢監督も大絶賛でした。現在CMも五社の企業に採用されています。インパクトという点では、文句なしだと思います」

北野の無精髭に覆われた顔は、自信に満ち溢れていた。

鳥坂瑞希
26歳

しかし、裕二の視線は、拾い上げた宣材のほうに吸い寄せられていた。

宣材に添付されているほとんどの女優の写真が満面の笑みを浮かべているのに対し、彼女だけは違った。

彼女も笑みを湛えてはいるが、眼は笑っていなかった。

射貫くような鋭い瞳からは、強い情念のようなものを感じた。

「二十代前半の若手女優の中では、断トツの……社長？　聞いてます？」

「彼女の予定は、いつ入ってる？」

裕二は、鳥坂瑞希の宣材を北野の顔前に突きつけながら訊ねた。

「え……ああ、彼女は今夜を希望してたんですが、神咲千尋と重なったんで、あと回しにしました」

「いつだ？」

「まだ、決めてません。まあ、神咲千尋の面接が入った時点で、ほかの宣材は紙屑同然って感じになりましたからね」

北野が、冷めた口調で言った。

「すぐにマネージャーに連絡を取って、いまどこにいるか訊け」

「ちょ……ちょっと待ってくださいよ。あと十分もすれば、神咲千尋がくるんですよ⁉」

「ロケで急なトラブルが起こったとかなんとか言って断れ」

慌てふためく北野に、裕二は抑揚のない声で命じた。

「そんな……なにを言ってるんですか！　月9の主役女優を断るなんて、正気じゃないですよっ。鳥坂瑞希はたしかに、ここ最近いろんなドラマのメインクラスで出演していますけど、神咲千尋に比べると格落ちですよっ」

北野が、神咲千尋の宣材を翳しつつ熱り立った。

北野の言うとおり、神咲千尋と鳥坂瑞希ではワンランク、格が違う。裕二自身、鳥坂瑞希という名前を耳にしたことはあるが、顔はいま初めて知ったくらいだ。

しかし彼女のなにかが、裕二を魅了した。

それがなんであるのか、裕二にはわかっていた。

時が流れ、地位、金、名誉を手に入れても、「彼女」はいつも頭の片隅にいた。

写真をみた瞬間、もしかして、と心臓が止まりそうになった。

が、「彼女」と似てはいたが、よく見ると目鼻立ちが違った。

なにより、二十六歳、という年齢が決定的に違った。

裕二は思考を止め、深いため息を吐いた。

「彼女」……緑は、恋人でも友人でもなかった。

商品――緑は裕二にとって、それ以上でも以下でもないはずだった。

あの日から裕二の心には、ぽっかりと暗く果てのない穴が開いたままだった。土で埋めようとしても、岩で塞ごうとしてもすべてを呑み込み、漆黒の空洞が消えることはなかった。

いなくなって、初めて気がついた。

もしかしたら、自分は緑を本気で愛していたのかもしれないことに……。

しかし、あのとき……十五年前にそれに気づいたところで、どうすることもできなかっただろう。

自分は、緑からすべてを奪った。

顔も、名前も、過去も……。

高く売れる「商品」にする……ただ、それだけのために。

後悔はしていない。

あのときは、自分にとっても緑にとってもそれが最善の道だった。

そうすることで、ふたりは救われた。

「とにかく、俺の言うとおりにしろ」

有無を言わせない口調で、裕二は言った。

「どうしてですか⁉　どっちかって言うと、鳥坂瑞希はひまわりタイプじゃなく薔薇タイプじゃないですか⁉　さっき、社長は……」

「いいから、電話しろ。同じことを何度も言わせるな」

裕二は、北野の抗議を断ち切り、鳥坂瑞希の宣材に視線を戻した。

緑に面影(おもかげ)が似ていなければ、彼女に固執(こしつ)することはなかったに違いない。『レインボーナイト』のヒロインには、実績と知名度を考えれば神咲千尋のほうが相応(ふさわ)しいし、監督やスポンサー達も納得するだろう。

頭では、無謀(むぼう)なことをやろうとしている自分を認識できていた。だが、裕二の心の奥底で、理屈や常識では説明のできない感情が鎌首(かまくび)を擡(もた)げていた。

「もう、本当に知りませんよ、俺は」

ぶつぶつと文句を言いながら、北野が携帯電話の番号ボタンを押し始めた。

なぜ、消えた？　もし、緑が目の前に現われたら、真っ先にそう訊くだろう。訊いたとして、いまさらどうなるものでもない。

それもわかっていた。

多くの経験を積んだ現在の立場から見ても、彼女はいい「素材」だった。五年にひとり……いや、十年にひとりの逸材(いつざい)だったかもしれない。あのまま順調に行っていたら、いま頃、緑は全国区のトップ女優になっていたという確信が裕二にはあった。

地位も金も名誉も手にした「敏腕プロデューサー」としての栄光も、あの大学時代の八ヶ月間の輝きには敵(かな)わない。

マイナスから作り上げ、育てることの快感――毎日が刺激的で、自分の未熟さ、経験のなさ、実力のなさを思い知りながらも、しかし「自分に不可能はない」と信じることができた十代特有の、いま考えると狂気的とさえ思える全能感。

実際に業界に入ってみると、大手プロダクションからの圧力、スポンサーサイドにたいする顔色窺(うかが)い、監督との衝突……不可能なことばかりだと思い知らされた。

ひとつ歳を重ねるたびに、ひとつ夢を失った。

業界の掟(おきて)を知るほどに、自分の無力さを知った。

大それた考えさえ持たなければ、仕事は順調過ぎるほど順調だった。

年収は五千万、青山の家賃五十万のマンション、フェラーリにポルシェにＢＭＷ、モデルの恋人……絵に描いたような成功者の人生を送っていた。

大手プロダクションのタレントの魅力が最大限に出る脚本を用意し、そのタレントの集客率の高さを餌(えさ)にスポンサーから大金を引っ張り、渋る監督を説得する。

それさえやっていれば、いまの贅沢な暮らしは維持できた。

だが、満たされなかった。

なにもかもが……。

☆　　☆

神泉の交差点近くの旧山手通り沿いに建つ教会を改築したカフェの敷地に車を乗り入れると、裕二と同年代のスーツ姿の男性が駆け寄り後部座席のドアを開けた。

「本来ならこちらから伺わなければならないところを、申し訳ありません。私、鳥坂瑞希のマネージャーをやっております『クレセント』の吉川と申します」

裕二が車外に降り立つと、男……吉川は、膝に額を擦りつけるように頭を下げ、続いて名刺を差し出してきた。

「申し訳ないが、仕事をすると決まってからしか名刺は受け取らないことにしている」

裕二は吉川ににべもなく言うと、カフェの店内に足を踏み入れた。

「瑞希は、あちらの席で待たせていますので」

慌てて追い縋（すが）ってきた吉川が、裕二を先導した。

「瑞希、黒瀬さんがお見えになったぞ」

吉川が、店内の最奥の席に座る女性に声をかけた。

鳥坂瑞希と思われる女性が立ち上がり、裕二のほうを向いた。

アッシュブラウンに上品に染められたセミロングの髪、掌（てのひら）にすっぽりとおさまりそうな小さな顔、すっと切れ上がった涼しげな瞳。

裕二は、薄く微笑を湛える女性に釘づけになった。

「お忙しいところ、時間を割（さ）いて頂いてありがとうございます。鳥坂瑞希です」

緑……。

思わず、声に出しそうになった。

いや、違う。彼女は二十六歳。緑は自分と同じ三十三歳だ。それに、緑はもっと鼻が高く、猫目だった——裕二が、デビューのために「作らせた」顔だ。

なぜだ？　目鼻立ちは違うが、なにかが似ている。

醸（かも）し出す雰囲気、瞳の奥に湛えられた強い情念……瑞希から、緑に感じたものと同じ「匂い」がした。

目鼻立ちの違いは、整形によるものかもしれないし、加齢による変化かもしれない。

裕二が最後に緑をみたのは、彼女が待ち合わせのレストランに現われなかったクリスマス・イヴの四日前……十五年前の十二月二十日だ。

大学生の当時と雰囲気が違う顔立ちになっていても不思議ではない。

しかし、それは、鳥坂瑞希が三十三歳だったらの話だ。

年なんて、どうにでも言える。

心で、声がした。

たしかに、年齢詐称は芸能界では常識だ。

――私、本当はさ、レモンティーよりミルクティーのほうが好きなんだ。


不意に、大学時代の緑の声が脳裏に蘇った。

反射的に、裕二は鳥坂瑞希のテーブルに眼をやった。

ティーカップに入っているのは、レモンティー――過去の記憶まで手繰り寄せ確認している自分に、裕二は苦笑いした。

そんなことが、あるはずがない。

緑は、自分の前から姿を消すのと同時に、芸能界を捨てた。

突っ走ることしかできなかったあの頃、立ち止まり、緑の心の声に耳を傾けていれば、結果は違うものになったのだろうか？　記憶が、物凄い勢いで巻き戻った。


――八重歯を⁉

大学の近くの喫茶店で、ミルクティーのカップを口もとに運ぼうとした手を緑は止めた。

——ああ、そうだ。歯並びを矯正するのは女優として常識だ。

裕二は、困惑する緑をまっすぐに見据えつつ言った。

——私、容姿に自信がなかったときも、この八重歯だけはかわいいって言われてて、それでどれだけ気持ちが救われたかわからないわ。だから、八重歯だけはいじりたくないの。

緑の言うように、彼女の左右の大きな八重歯は印象的で、とてもチャーミングだった。だが、テレビや映画で寄りで映されることの多い役者にとって歯並びは命であり、プロデューサーに苦言を呈されることはあっても歓迎されることはまずありえない。

——二重にした眼、高くした鼻、脂肪を抜いて細くした足、十五キロのダイエット……そこまでやっておいて、八重歯くらいなんだよ。みてみろ。

裕二は、ハンドミラーを緑の顔の前に突きつけた。

――いまのお前は、クラスメイトやホストに馬鹿にされていた冴えない菊池緑じゃない。俺のプロデュースで美しい蝶に変貌し、ミスコンでもっとも話題を集めた羨望の的だ。いまでは学内の誰もがお前に憧れ、お前のようになりたいとファッションや髪型を真似する。誰のおかげだ？

――もちろん、ゆうちゃんよ……だけど……。

――ミスコンは、プロデュースのプロローグに過ぎない。本編は、これからだ。いいか？　俺は、お前を三年でトップ女優に押し上げてみせる。学園祭レベルならいまのままでぶっちぎりだが、芸能界にはお前クラスの女の子はゴロゴロしている。八重歯だけじゃなく、顎も削ってもっと小顔にする予定だ。

――ねえ、ゆうちゃんにとって、私はなんなの？

――……大事な「商品」だ。

「黒瀬さん？　なにか失礼でも……？」

泣き出しそうな緑の顔が、吉川のおずおずとした窺うような声に呑み込まれた。

「あ、ああ……気にしないでくれ。ちょっと考え事をしていただけだ。なあ、君。いきなりで悪いが、歯並びをみせてくれないか？」

裕二は、瑞希に歩み寄りながら言った。

困惑するふうもなく、瑞希が前歯をみせた。

綺麗に整列した上顎の前歯の右端に覗く八重歯……やはり、違った。

緑との最後の日になった十五年前の十二月二十日、喫茶店を出た足で裕二は彼女を連れて八重歯を抜歯するために歯科医院に向かったのだ。

「八重歯は、抜いたほうがいい」

裕二は瑞希に言いながら、席に着いた。

「わかりました。今週中に、歯医者に行ってきます」

あのときの緑とは対照的に、瑞希は裕二のアドバイスを拍子抜け(ひょうしぬ)けするほどあっさりと受け入れた。

あたりまえだ。

鳥坂瑞希は、菊池緑とは別人なのだから……。

裕二は向かいの席に腰を下ろす瑞希の顔をまじまじとみつめつつ、ふたたび「過去の扉」を開いた。

1

叫ぶような話し声、意味不明な奇声、ハイテンションな歓声……溢れんばかりのエネルギーに満ちた様々な声が、裕二の鼓膜を突き刺した。

ゴールデン・ウィーク明け、新入生の歓迎会で盛り上がる大学生のグループで埋め尽くされた新宿歌舞伎町にある学生御用達の安い居酒屋の大広間で、裕二もサークル仲間十五人で飲み会を開いていた。

二時間飲み放題、八品付いて学生一人二千五百円は破格の安さである。

「膨大な時間とお金を費やし、五回にも及ぶ新歓イベントを開催したわけですが、今年は新人二名という非常に厳しい結果となりました。しかし、その不作を補って余りある期待の超新星、黒瀬君と芝山君の加入を祝して、我が『映友部』恒例の梯子一気を行いたいと思います！」

乾杯のビール一杯だけで青白い肌を早くも赤らめた部長の志村が口火を切ると、先輩部員の面々の拍手喝采が沸き起こった。

裕二と芝山の前のテーブルには、ピッチャーから注がれた銘柄不明のビール、ワイン、日本酒の順番でグラスが並べられていた。

「なお、この梯子一気で勝ったほうの新入部員には、六月にクランクインする映画のキャスティングに特別に参加できる権利を与えます！」

大広間に、どよめきが起こった。

「ふたりとも、大チャンスだぞっ。俺が一年のときには同期が五人もいたけど、お前らは二分の一の確率だ。気合入れて頑張れよ！」

もやしのように貧弱な志村とは対照的に、褐色の肌に厳つい体躯をした副部長の湯川が、太い腕を突き上げた。

「黒瀬君、頑張って。勝ったら、私との一日デート券をあげる」

三年のナミが、二十歳とは思えない妖艶な色気を漂わせつつ切れ長の片目を瞑った。

「なにどさくさに紛れてアピールしてるのよっ。そういうの、確信犯的フライングって言うのよ！」

同じ三年の希が、唇を尖らせて抗議した。

希は、ナミとは対照的に少女漫画から飛び出してきたような円らな瞳をした幼い顔立ちをしていた。

ふたりは、映友部の看板女優であると同時に、毎年十一月頭に開催される「早徳祭」の目玉イベント「ミス早徳コンテスト」で、一昨年と去年、それぞれ交互にミスと準ミスの栄冠に輝いているライバルだ。

因(ちな)みに、早徳大学の「ミスコン」は推薦さえあれば、ミスや準ミスを受賞した人でも何度でも参加することができる。その「歴代ミス」と「ニューフェース」の戦いが、「ミス早徳コンテスト」をさらに盛り上げているのだ。

事実、一昨年は希が、去年はナミがミスに選ばれた。

「はぁ～あ。おふたりとも、忘れていませんか？　ここに、こんなに魅力的な男がいるってことに」

二年の刈谷が、冗談とも本気ともつかぬ口調で言うと自慢の長髪を掻き上げた。

色白の顔に涼しげな目鼻立ちをしている刈谷は、一年のときは演劇サークルにいた。滑舌(かつぜつ)が悪いという理由で脇役しか与えられなかった刈谷は、演劇に見切りをつけて二年から映画サークルの「映友部」に移籍してきた変わり種だ。つまり、演じる側から撮る側に路線変更したわけだが、本人はいまでも役者の道を諦めていないようだ。

「刈谷君程度じゃ、私と釣り合わないのよねぇ～」

「そうそう、ナルシストには興味なし」

ナミと希が、ばっさりと刈谷を斬り捨てた。

「えー、ふたりとも、ひどいなぁ、もう」

「まあ、ミスの私と準ミスの希ちゃんのハードルは高いわよ」

「いちいち、準、を強調しないでよ。一昨年は、私がミスだったんだから」

「『昔』の話でしょう？」

ナミが、見下したように薄笑いを浮かべた。

「まあまあ、ふたりとも女優さん顔負けの美貌に恵まれているんですから、なかよくしてくださいよ。争うなら、大学卒業して芸能界に入ってからにしましょうよ」

刈谷が、取り成すようにふたりを持ち上げた。

裕二は急速に冷えて行く心を感じながらも、頭の中ではナミと希の「商品としてのランク」をはじき出している自分に気づいていた。

何年にもわたり、決して外に出すことを許されぬ環境の中で蓄えてきた知識に、目の前の「自称女優」たちを照らし合わせて行く。

ナミも希も、たしかに優れたビジュアルをしている。

ミスコンのグランプリを獲るのも納得だ。

ナミは目鼻立ちが整った醤油顔の美人で、犬でたとえれば柴犬タイプ、希はロリータ風のかわいい顔立ちのチワワタイプだ。

だが、芸能界では通用しない。

世の中に、○○タイプ、○○に似ている、という美少女は大勢いる。

しかし、それはあくまでも誰か、またはなにかのコピーに過ぎない。

歌の世界に置き換えても、似たようなケースがみられる。

カラオケで、誰もが聞き惚れるような歌のうまい人が、アーティストオーディションに自信満々に挑んだ結果、一次審査であっさり落ちることがある……というよりも、落ちるほうが圧倒的に多い。

プロ野球選手を目指している者は、野球がうまければうまいほど「夢」を実現できる可能性が高い。ピアニストを目指している者は、ピアノをうまく弾ければ弾けるほど「夢」を実現できる可能性が高い。トップスケーターを目指している者は、スケートがうまければうまいほど「夢」を実現できる可能性が高い。

だが、歌手を目指している者は、歌がうまいほどに「夢」を実現できる可能性が高くなるというものではない。

カラオケで歌が抜群にうまくても、なぜ、プロのヴォーカリストになれる可能性が高くならないのか？　それは、カラオケで歌がうまいタイプのほとんどが、選曲したアーティストのコピーである場合が多いからだ。

つまり、どれだけ歌唱力があっても、それは「アーティストの歌」をうまく歌っているだけの話で、オリジナリティーがないのだ。

オリコンチャートで一位のアーティストがテレビで歌う姿をみて、カラオケ自慢はこう思うだろう――私のほうがうまいのに、どうしてたいしてうまくもないこんなコが売れるわけ？……と。

このカラオケ自慢がわかっていないのは、そのアーティストが自分にはない「声音」を持っているということだ。

ようするに、そのアーティストはオンリーワンだが、カラオケ自慢は誰かのコピーということだ。

女優にも、同じようなことが言える。

顔がかわいい、演技がうまい、というだけで成功できるほど芸能界は単純な世界ではない。

いままでみたことのない「花」としての魅力が備わっている「選ばれし者」だけが栄光を摑むことができる。

ナミも希も、「学園のマドンナ」にはなれても「国民のマドンナ」レベルではないということだ。厳しい言い方をすれば、所詮（しょせん）は「学校」という狭い世界の中での評価を、世間の評価と勘違いしているにすぎない。

もし彼女達が芸能界に入ったならば、初めのうちは「ミス早徳」という肩書きによって、ある程度は活躍できるだろう。

しかし半年もすれば、ひと山いくらの綺麗なタレントの一人として埋もれ、消えて行く運命(さだめ)であることは目に見えている。

「さあさあ、そろそろ始めますよ！　レディー……」

　志村の声に、裕二と芝山はビールのグラスを手に取った。

「ゴー！」

　芝山が、勢いよくビールを喉に流し込んだ。

「行けっ！」

「最初のビールが勝負だぞ！」

「ふたりとも、頑張れ！」

　先輩部員達が、声を嗄(か)らして檄(げき)を飛ばした。

「あれ、どうしたんだよ？」

「なにやってんだ？」

「おいおいおい、なんで呑まないんだよ？」

　ビールのグラスを手に取ったままひと口も口をつけない裕二に気づいた先輩部員達が、ざわつき始めた。

　芝山はビールを呑み干し、二杯目のワインに移っていた。

「黒瀬君、早く呑まないと負けちゃうよ！」

「黒瀬君、早く、早く！」

ナミと希の必死の声援にも、裕二はグラスを持つ手をピクリとも動かす気はなかった。

「よしっ……あれ？」

三杯目の日本酒を呑み終え拳を突き上げた芝山が、まったく減っていない裕二のグラスをみて怪訝そうな表情になった。

「黒瀬って、下戸だっけ？」

志村が、憮然とした表情で訊ねてきた。

「いいえ、呑めます」

「じゃあ、どうして呑まないんだよ」

「一気呑みをする意味が、わからないからです」

「は？　なんだって？」

気色ばむ志村。

「黒瀬、聞こえなかったのか？　梯子一気は、毎年、『映友部』の新人を迎え入れるときの恒例なんだよっ」

湯川が、褐色の肌を赤黒く染めて熱り立った。

「馬鹿馬鹿しい。そんなの、映画作りとなんの関係があるんですか？」

裕二は、冷めた口調で言った。

「お前……自分がなにを言ってるのかわかってんのか？」

湯川が、裕二に詰め寄り胸ぐらを摑んだ。

「湯川、やめとけ。黒瀬、お前が悪いぞ。ウチでみんなとうまくやってゆきたいんなら謝れ」

志村が、湯川の腕を引きつつ言った。

「今日で、このサークルを辞めます。なので謝りません」

裕二は、淡々とした口調で言った。

「はぁ⁉ お前、マジで言ってるのか？ まだ、入ったばかりだろうが⁉」

志村が、素頓狂(すっとんきょう)な声を出した。

「いえ、もう十分わかりました。俺のやりたいことと、みなさんのやりたいことが違い過ぎるって」

ここ数年はふるわないが、昔はフィルムフェスティバルや映画祭などで数々の作品が入賞するなど、輝かしい実績のある厳しい老舗(しにせ)映画サークルだと聞いて入ってはみたが、所詮は、大学生のおままごと——サークルになにかを期待した自分が恥ずかしかった。

「違い過ぎるって……映画作りたくてウチのサークルに入ったんじゃないのか⁉」

「というより……いや、言ってもあなた達にはわからないと思います。ただ一つだけ言えることは、みなさん、程度が低過ぎます。とてもじゃないですけど、ここじゃ自分を磨くことなんかできないってわかったんです」

「お前っ、俺らを馬鹿にしてんのか！」

ふたたび胸ぐらに伸ばしてきた湯川の手首を裕二は掴み、逆手に捻り上げた。

「馬鹿にはしてませんけど、頂を目指している山の大きさは違うとは思ってます」

表情を変えずに言うと、裕二は湯川を突き飛ばし座敷を出た。

☆　☆

飲み会が行われていた居酒屋から出てきた裕二は、靖国通りを缶コーヒーを飲みながら歩いていた。

——みなさん、程度が低過ぎます。とてもじゃないですけど、ここじゃ自分を磨くことなんかできないってわかったんです。

「なら、どこだったら磨けるんだよ」

先輩達に切った大見得を心で反芻しながら裕二は、自嘲気味に吐き捨てた。

裕二は足を止め、ガードレールに腰かけ虚ろな視線をあたりに巡らせた。
コテとハードスプレーで作り上げたロングのウルフヘアにタイトなスーツ、靴先の尖ったシューズで身を固めたホストがそこここにたむろし、「カモ」を物色していた。

――お前みたいな半端者は、将来、ホストみたいなろくでなしになるのが関の山だ。

父、慶一の見下した眼が、裕二の冷え切った心に蘇った。

――私が教鞭を執る大学で、私の息子が教育学部だなど、恥曝しもいいところだ。少しは、真一を見習ったらどうだ？　兄と一緒の系属高校を出ていながら、この差はなんだ？　教えてやろうか？　責任感だ、責任感。真一は、黒瀬家の、そして政治評論家として全国に顔を知られている私の名誉を汚してはならないと懸命に努力した。それに引き換え、お前は……。

慶一の唇は、屈辱に震えていた。

――政経学部に入ることが、そんなに立派ですか？　どこの学部に入るかで人間の価値が決まるんですか？

　高校三年生の冬、系属高校から大学への進路が決まった夜。裕二は生まれて初めて慶一に反論した。

──半端者が好みそうなセリフだ。どこの学部に入るかで人間の価値は決まるかって？　決まるに決まってるだろう。政経学部に入ることが立派かって？　立派に決まってるだろう。いいか？　政経学部は「早徳大学」の頂点だ。社会に出ても、政経学部とそれ以外の学部では出世のスピードが違う。いや、就職ですら、他学部とは天と地ほどの差があるんだ。しかも、教育学部なんていうのは、私に言わせれば二流学部で論外だ。なんだ、お前は高校の先生にでもなるつもりか？

──あなた達と同じ「早徳大学」に入学したというのに、ひどい言い様ですね。

──私や真一とお前が同じだと言いたいのか？　それは、私達にとって侮辱以外のなにものでもない。たしかに、お前は私達と同じ「早徳大学」に入学した。だがな、「プロ野球選手」という括りの中でたとえれば、私や真一は四番バッターで、お前はなんとか二軍に滑り込んだようなものだ。

──俺は、父さんのような生きかたより、ホストの生きかたのほうが立派だと思います。

——それは、どういう意味だ？

——社会的立場では、彼らは父さんや兄さんより遥かに低い位置づけかもしれない。だけど、ホスト達は自分で創ってます。この客からはいくら引っ張れるか、上客にするためにはどう仕込んでいけばいいか……自分の頭で考え、人生を切り拓いています。俺は、そんな彼らの生きかたに共感します。

反発心がなかったと言えば嘘になる。

幼い頃から、なにかと言えば兄と比較されてきた。「早徳大学」の系属中学の試験を受けたのも、父と兄が歩んできた道だから、という理由だけで勝手に決められた。

兄に負けたくない。父に見下されたくない。

その思いで、裕二は勉学に打ち込んだ——父の敷いたレールを突っ走った。

中学二年の春休み、母が家を出て行った。

子供の教育に関してはもちろん、食事の献立ひとつとっても父の言いなりで、まるで家政婦のような存在だった母——裕二が塾の春期合宿で不在にしていた一週間の間にいなくなった母について、父の慶一からは何の説明もなかった。

新学期が始まる頃には住み込みの本物の家政婦が黒瀬家にやってきて、母と同じように家事をこなしていった。

決して裕二の味方をしてくれることはなかった母……悲しい、とは思わなかった。

それ以来、裕二は母と会ってはいない。

エスカレータ式に進学した系属高校での成績は優秀なもので、一年次のテストでは学年でも常に十番以内に入っていた。それでも父は在籍時、常にベストスリーに名を連ねていた五年上の兄を引き合いに出し、裕二を認めてはくれなかった。

高校二年の夏……ある事件を境に、裕二の成績は急激に下降線を辿った。学年で五十番から六十番までが、裕二の定位置になった。


――黒瀬家の名前に、泥を塗る気か！


父からの罵倒（ばとう）は、よりいっそう激しいものとなった。

この頃から、裕二の中でなにかが音を立てて壊れ始めた。


――残り一年、死に物狂いで勉強しろ！　なにがなんでも上位十位以内になって、「政経学部」に入るんだ。

父が一喝した甲斐もなく、裕二は第一志望どころか第三志望の教育学部にしか入ることができなかった。


闇を切り裂くけたたましい笑い声が、裕二を現実に引き戻した。

区役所通りから、四人の男女連れが縺れ合うように歩いてきた。

四人は、かなり酔っているようだった。

ふたりの男はホストで、ふたりの女は……。

裕二は、眼を凝らした。

ゆる巻きにした茶髪の女、黒髪のストレートロングの女……ふたりとも、教育学部で裕二と同じ国文学科に通うクラスメイトだった。

「おいおい～置き去りにしてきていいのかよ～」

「いいのいいの、あんなイケてないコ、一緒にいるだけでウチら恥ずかしいんだからさぁ～」

ゆる巻きの茶髪女……北村アミカが、ケタケタと笑った。

「ほんっとだよねぇ、ホストクラブにいるときのあのコってさ、ドッグショーにいる雑種犬みたいじゃなかった？」

「っていうか、香奈、それ直接、緑に言ってたし。あの子、泣きそうだったじゃん。

まあでも、間違いなくお洒落な服着せられた不細工な雑種犬だよね？」

黒髪の女……芦田香奈の言葉にアミカが胸前で手を叩き爆笑しながら応じる。

「お前ら、さっきからちょっとひどくね？　ブスにブスなんて言ったら、馬鹿に馬鹿って言うようなもんじゃね？」

ミルクティーカラーのウルフカットのホストが、庇うようにみせかけながら悪乗りした。

「だいたいさ、お前ら、そんなブス女をどうして連れてきたんだよ？」

もうひとりの、プラチナブロンドの髪をポニーテイルにしたホストがふたりに訊ねた。

「今日さ、ウチら合コンがあったんだけど、ひとりのコがドタキャンして人数が足りなくなってさ。それで、人数合わせるために、仕方ないからあのコを呼んだの。でもさ、男の子達が冴えなくて、それで、ホストクラブに行こうってことになったんだけど、流れ的に連れて行こうってことになって、まあ、暇潰しに面白そうだしウチらも引き立つしさ……だけど、ありえないほど場違いだったよね？」

アミカが、思い出し笑いをしながら香奈に顔を向けた。

「だから、緑は雑種犬だって！　地味ぃ～で暗ぁ～い、こげ茶色の野良犬！　大学生にもなって、あのワンピの色はナイよね」

香奈が口にした緑という名前に、裕二の好奇心が反応した。

ガードレールから腰を上げ、区役所通りに足を向けた。

三十メートルほど進んだ路肩——二棟の雑居ビルの合間で屈み、泣きじゃくってい
る女の前で立ち止まった。

「おい」

裕二が声をかけると、怖々と女が涙でぐしゃぐしゃになった顔を上げた。

「やっぱり、お前か。どうした？」

裕二は、女……菊池緑の前に屈みながら訊いた。

緑も裕二と同じ国文学科で、クラスでも影の薄い女だった。

低い肉厚の鼻、腫(は)れぼったい奥二重、薄い唇——だが緑は、アミカと香奈が馬鹿に
していたほど不細工ではない。

言うならば、中の下といったところか。

緑がじっさいの容姿よりも低くみられているのは、醸(かも)し出す暗く陰気な雰囲気が原
因だ。

アミカと香奈は「こげ茶色」と表現していたが、裕二に言わせれば「灰色」という
表現がしっくりくる。「グレー」ではなく、「灰色」だ。

そんな彼女だから、当然、クラスでも目立たずに、いるのかいないのかわからない

存在だった。

だが、なぜか、裕二は緑をひと目みたときから気になっていた。

顔はイマイチだがスタイル抜群、というタイプでもなく、胸は薄いのに腰回りにはたっぷりと肉が載っていた。

スカートから覗く太腿(ふともも)もかなり太目で、俗にいう「大根足」というやつだ。

自分でも、どうして緑が気になるのかが不思議だった。

「悔しい……私……悔しいよ……」

涙目で裕二をみつめていた緑が、絞り出すような声で唸(うな)った。

「ちょっとつき合え」

無意識に誘いの言葉が口を衝(つ)いて出たことに、驚きを隠せなかった。

きょとん、とした顔の緑に背を向け、裕二は靖国通りに向かった。

☆ 

「アミカに合コン行こうって誘われて……私、合コンなんて初めてだし怖かったけど、なにか変われるかもしれないって思って、それにふたりとも、ひとりのコが急に行けなくなって困ってたみたいだし……。でも、アミカも香奈も、せっかくつき合ってあげたのに、ワンピースのボタンが千切れかけてるとか、鼻息が荒いとか、眼が寝起きみたいに腫れてるとか、服装のセンスが昭和っぽいとか……そのあと、無理矢理ホストクラブに連れて行かれて……ポメラニアンとかプードルが集まるドッグショーに紛れ込んだ肥った雑種犬とか、豪邸のリビングにきれいに飾られたボロ雑巾だとか……私が場違いだっていうことを、ひどいたとえ話で笑いものにして……」

靖国通り沿いの深夜喫茶店の席に着くなり、緑は自分がアミカと香奈にどれだけひどい屈辱を受けたかを堰を切ったように語り始めた。

裕二の右足の踵は、さっきから貧乏揺すりのリズムを床で刻んでいた。

緑の話が退屈なわけではない。いら立ち――無性に腹が立って仕方がなかった。

「どうせ私なんてブスだし暗いしスタイルもよくないし……あのふたりみたいにかわいくも魅力的でもないし……」

「ムカつくな」

裕二は、吐き捨てるように言った。

「ありがとう、黒瀬君。でも、同情はいらない……」

「あのふたりにじゃない。菊池、お前にムカついてんだよ」

「え……」

裕二の言葉が予想外だったのだろう、緑の泣き腫らした顔に困惑の色が過ぎった。

「お前さ、さっきから聞いてりゃ、どんだけアミカと香奈がひどい女か、どんだけ自分がひどい仕打ちを受けたか……最後にはイジけて拗ねてるだけ。そんなんで、魅力的な女になれるわけないだろ⁉　あのふたりが羨ましいんだろ⁉　あのふたりみたいに、男にちやほやされたいんだろ⁉」

　自分らしくない感情的な物言いに、裕二も困惑していた。だが、身体の奥底から湧き上がる憤激を、抑えることができなかった。

「お前、なんか努力してんのかよ⁉　こうありたいって自分になるために、行動に移してることがあんのかよ⁉」

　拳をテーブルに打ちつける裕二に、店員と客が好奇の視線を注いできた。

　不意に、裕二は悟った。

抗いきれない怒りの言葉は緑にではなく、自分に向けたものだということを……。

　そして、はっきりした。なぜ、緑のことが頭の片隅から離れなかったのかが……。

目の前で唇をへの字に曲げふたたび泣き出しそうになっている「冴えない女」との出会いこそ、裕二の捜し求めていたことだった。

「五十万、持ってこい」

　一転して落ち着いた声で、裕二は唐突に切り出した。

「え？」

「本気で変わりたいのなら、できるだけ早く、五十万を用意しろ。それがスタートだ。約束する。俺が、なりたいお前にしてやるよ。必ずな」

涙で赤く充血した眼を見開く緑をみつめながら、裕二は力強く断言した。

なりたい自分自身に……。

裕二は固まって動かない緑を見据えつつ、心の中で固く誓った。

2

他の学部の校舎が次々と近代的な建物に建て替えられている中、遺物のように残されている教育学部の建物に、次々と学生が吸い込まれている。

三時限目独特の弁当の残り香が、老朽化(ろうきゅうか)が進んだ黴臭(かびくさ)い教室に充満していた。昼休みに教室で弁当を食べるグループがいるので、午後の最初の授業は匂いが色濃く残っているのだ。

今年の早徳大学教育学部国文学科の一年の総勢は百四十二名で、名字が「あ行」から「さ行」の途中、「さ行」の途中から「は行」の途中、「は行」の途中から最後の行まで、というクラス分けがされている。

黒瀬裕二と菊池緑は、「あ行」から「さ行」の文字から始まる四十七名……「A」と呼ばれるクラスに入っていた。

ある意味年代物とも言えなくない三人掛けの長机が横に三列、縦に十五列並んでおり、裕二は後ろから三列目の窓際の席、緑は中央の列の後ろから四列目……裕二の右斜め前に座っていた。

因みに、緑を合コンとホストクラブでさんざん馬鹿にしたアミカと香奈も同じクラスだ。

今日、水曜日の三限は必修科目の「日本文学基礎講座」なのでふたりとも授業に顔を出していたが、講義をそっちのけでちらちらと緑に視線を投げながらひそひそ話をしていた。

ふたりの馬鹿にしたような笑い顔をみれば、声は聞こえなくても話の内容は想像がつくというものだ。

——……アミカも香奈も、せっかくつき合ってあげたのに、ワンピースのボタンが千切れかけてるとか、鼻息が荒いとか、眼が寝起きみたいに腫れてるとか、服装のセンスが昭和っぽいとか……そのあと、無理矢理ホストクラブに連れて行かれて……ポメラニアンとかプードルが集まるドッグショーに紛れ込んだ肥った雑種犬とか、豪邸のリビングにきれいに飾られたボロ雑巾だとか……私が場違いだっていうことを、ひどいたとえ話で笑いものにして……。

大学に入学して僅か一ヶ月で、ふたりは「おもちゃ」をみつけた。
大学生と言っても、急に大人になるわけではなく、中学、高校のノリと大差はない。とくに、教育学部国文学科は特殊で、「A」、「B」、「C」と三つのクラスに分かれており、ほかの学部や学科と違い必修科目に関しては四年間同じクラスで進級してゆくので、中学、高校とほとんど同じだ。だから、心地よく大学生活を過ごせるかどうかは、クラスのどのグループに所属するかによって大きく左右される。

——できるだけ早く、五十万を用意しろ。それがスタートだ。約束する。俺が、なりたいお前にしてやるよ。必ずな。

五日前。深夜の新宿の喫茶店で、裕二は緑に命じた。
とりあえず五十万あれば、緑をアミカと香奈の「おもちゃ」にされなくさせる自信はあった。
ただ、金額の多少が問題なのではない。

重要なのは、五十万円支払ってなお変わりたいという強い意志を、緑が持てるかどうかにある。そうでなければ、その先に待ち受けている数々の苦難などとても乗り越えてはいけない。

そしてそれは、緑のため……というより、自分自身のためでもあった。

——お前みたいな半端者は、将来、ホストみたいなろくでなしになるのが関の山だ。

父、慶一の諦めと激憤が綯い交ぜになった顔が裕二の頭に蘇った。

——私が教鞭を執る大学で、私の息子が教育学部だなど、恥曝しもいいところだ。少しは、真一を見習ったらどうだ？　兄と一緒の系属高校を出ていながら、この差はなんだ？　教えてやろうか？　責任感だ、責任感。真一は、黒瀬家の、そして政治評論家として全国に顔を知られている私の名誉を汚してはならないと懸命に努力した。それに引き換え、お前は……。

息子に味わわされた屈辱で唇を震わせる慶一。

裕二は反論したものの、心では頷いている自分もいた。

父の言いなりになりたくない。

兄と比べられたくない。

自分の人生は自分で切り拓く。

反発と不満だらけの人生だった。


ならば、どうしたいんだ？


自問の心に答える声は、いつまで経っても聞こえてくることはなかった。

口先だけの男のまま三十になり、言い訳ばかりの男のまま四十になり、文句だらけの男のまま五十になり……慶一の言うように落伍者の人生を送り老い果ててゆくのかもしれない、という不安に苛まれた夜は数え切れなかった。

だが……。

裕二は、講義内容をノートに取る緑の横顔をみつめた。


なにを迷っている？　馬鹿にされっ放しで卒業までの四年間を過ごすつもりか？

いいや、四年じゃない。勇気を持って踏み出さなければ、嘲笑と愚弄続きの人生になってしまうぞ？

五十万を手にして、身を委ねるだけでいい。

あとは、俺に任せればアミカや香奈……これまで馬鹿にしてきた全員を見返すことができる。


裕二は、祈るような視線を緑の横顔に送り続けた。

緑は決して不細工というわけではなく、ひとつひとつのパーツが地味なだけだ。それどころか、顔を何ヶ所かイジっただけで驚くほどの美人になる可能性を秘めていた。

ならば、緑と同じレベルの容姿の女すべてに同じような整形手術を施せばそうなるのか、と言えばそれはノーだ。

たとえるなら、同じ身長、体重の男に同じ分量のステロイドを射ち、同じ筋肉トレーニングをさせれば同じ身体つきになるかと言えば違うのと似ている。

もともと筋肉質の人間であれば、ステロイドを射てばカットが浮き彫りになり見栄えのいい肉体になるが、脂肪質の人間がステロイドを射ってもたいした変化はみられない。

緑は、いまのままでは見栄えの悪い毛虫だが、手を入れれば美しい蝶になるという確信が裕二にはあった。

しかし、五日経っても、緑からのリアクションはなかった。

クラスで顔を合わせても裕二に視線をくれることもなく、講義が終わればそそくさと教室を出て行ってしまう。

裕二からも、声をかけることはしなかった。

内心、やきもきしていたが、自分からアクションを起こしてしまえばイニシアチブを取られる。

裕二が緑にやらせようとしている「プロジェクト」は、彼女にとってかなりの覚悟が必要となる。大袈裟（おおげさ）な話ではなく、「菊池緑」を消滅させるくらいの気持ちがなければ成功しない。

裕二の命令に疑問を抱かず、一切を受け入れる従順さが成否の鍵を握っているといっても過言ではない。だから、どんなに焦（じ）れても裕二からアプローチするわけにはいかないのだ。

だが、裕二も、黙って手をこまねいているわけではなかった。

——え⁉　本当に、それを言うだけで私達に一万円ずつくれるの⁉

つけ睫毛（まつげ）とカラーコンタクトで何倍増しにもした瞳を見開き、アミカが驚きの声を上げた。

——ああ、本当だ。水曜日の三時限目の必修科目が終わったあとに頼むよ。

——それを言うだけで一万円なんて、楽勝だよね？

香奈が、色石で派手に装飾されたスカルプネイルで彩った五指をうっとりみつめつつアミカに同意を求めた。

——うん、お金なんて貰わなくたって、ウチらもっとひどいこと言ってるもんね。

——ふたつの約束を守ってほしい。ひとつは、俺から頼まれたってことは絶対に言わないこと。もうひとつは、俺の言った言葉だけを正確に口にすること。それ以上のひどい言葉や余計なことは絶対に言うな。約束を破ったら、一万の話はなしだからな。

裕二は、アミカと香奈を厳しい視線で交互に見ながら釘を刺した。

——わかってるわよ。言わないから安心して。それよりさ、黒瀬君、私達にそんなこと頼むなんて、なにか緑に恨みでもあるの？

アミカが、野次馬的好奇心を覗かせた。

——ムカつくんだよ、あいつ。

——それ、わかるわかるぅ。ほんと、緑って、ムカつくよねぇ。

——そうそう、存在自体がムカつくコって、たまにいるんだよね……でもさ、黒瀬君、本当にそれだけ？

アミカの言葉に香奈が激しく同意しながらも、探るような視線を裕二に向けてきた。香奈が訝しく思うのは当然だろう。だからこそ、金銭を介在させることによって、保険をかけているのだ。

ここで少しでも動揺している素振りを見せれば、香奈の思う壺だ。

——なにがだよ？

裕二は本当に意味がわからない、というように首を傾げながら答えた。

——……まあいいわ。一万円も貰えるんだし、そういうことにしといてあげる。じやあ、ウチらもちゃんとやるから、黒瀬君も約束守ってね。

そういうと、香奈はアミカの手をとり、もう片方の手をひらひらさせながら去っていった。

香奈は、誤解していた。

裕二が緑にムカついているのは本当だ。

しかしそれは、彼女に自分の姿を投影しているからだった。

三時限目の授業は、あと五分で終了する。

裕二の描いたシナリオは、まもなく始まる。

アミカと香奈がうまくやってくれれば、緑は動くはずだ。

少し手荒いやりかただが、お前は必ず俺に感謝する。

教室には、何十年も同じことを惰性(だせい)のように繰り返し話しているのであろう教授の声が響いている。

裕二は、なにかから逃れるとでもいうように一心不乱にノートを取る緑の横顔に視線を注ぎながら、心で語りかけた。

☆　　☆

木曜日。裕二は、早徳大学のキャンパス近くのカフェ「カモミール」の窓際の席でホットコーヒーを飲んでいた。コーヒーと紅茶は一杯二百円と安く、しかも二杯目からは百円で飲めることもあり、早徳大生御用達のカフェである。

三時限目の必修科目……日本語文法の授業が始まる前に、緑がこのカフェをよく利用していたのを知っていたから立ち寄ったのだ。

過去に四、五回ほど緑をみかけたときはいつも、カウンター席でひとり静かに背を丸めて文庫本を読んでいた。

昨日、三時限目の必修科目が終わった直後に、アミカと香奈はシナリオ通りに緑を罵倒した。

一万円の「人参」が効いたのか、ふたりともほぼ完璧に緑の心に爪を立てた。

あとは、緑がどうするかだ。

足を踏み出すか……巣穴に閉じこもるか。

これで行動を起こせないようだと、いくらいい素材だったとしても芸能界では通用しない。ダイヤモンドも磨かなければただの石ころ同然であり、どんなに凄いホームランバッターでもバットを振らなければ球には当たらない。

「いらっしゃいませ」

ウエイターの声に、裕二は視線を出入り口に向けた。

いつものカウンター席に足を向けた緑が、裕二の姿を認めると驚いたように立ち止まった。

裕二は、視線を窓の外に移した。

「カモミール」にきたのは、もちろんホットコーヒーが飲みたかったわけでなく、緑に会うためだが、それを悟られてはならない。

「座っていい？」

背後から、声をかけられた——獲物が、網にかかった。

裕二は思わず握り拳を作りそうになった。

「ん？　ああ、いいよ」

裕二は気だるげに振り返り、興味なさそうな顔でテーブル脇に佇む緑を見上げた。

「いつものをください」

緑はウエイターにオーダーしつつ、裕二の向かいの席に腰を下ろした。

「いつものって？」

気を落ち着かせるために、裕二はどうでもいいようなことを聞いた。

「レモンティーよ」

「ふーん。ところで、俺になにか用か？」

どうでもいい答えを受け流し、裕二はしらばっくれて問いかけた。一週間前の会話など、とっくに忘れてしまったとでもいうように。

緑は唇を真一文字に引き結び、朱に染まった顔で裕二を睨みつけた。

「言いたいことがあるなら、さっさと言えよ」

突き放す口調の裕二に、瞬間、緑の瞳が強い光を帯び、バッグから取り出した封筒をテーブルに叩きつけるように置いた。

「なんだよ？　これ？」

わかっていながら、さらに裕二は惚けてみせた。

恋愛関係同様に、退けば退くほど相手は追いかけたくなるのが人間の性だ。

「……五十万……持ってこいって、言ったじゃない」

文句っぽい口調で、緑が呟いた。

「ああ、あのときの話か」

封筒を一瞥しながら、いま思い出したふうに裕二は言った。

「からかっていたの⁉」

激しく食ってかかる緑に、レモンティーを運んできたウエイターが気圧され、恐る恐るカップをテーブルに置いた。

「いいや。からかっちゃいない。あれからずっと俺を無視してたのに、いきなりどうしたんだろうと思ってな」

「無視していたわけじゃないわ。五十万を用意するのに、手間取っただけよ」

ここ数日間で裕二がリサーチした菊池家のデータが、緑の言葉を嘘だと証明していた。

緑の父親は外資系保険会社の支社長で、母親は青山でアンティークショップを経営している。

自宅もコンクリート打ちっぱなしの外壁の、要塞(ようさい)さながらの真新しい三階建てで、ようするに緑は資産家の令嬢だ。

五十万やそこらの金なら、いままでの小遣いやお年玉を貯めて持っているはずだった。

「踏み出した」本当の理由……。

——もう、緑のこと馬鹿にするのやめるね。いままで、本当にごめん。ブスにブスって言うなんて……虐待(ぎゃくたい)と同じだよね。

——私も、ごめん。緑は、そうやって一生、日陰の人生を送るんだものね。これからは、ボランティア精神で優しくするから。

アミカと香奈に用意した残酷かつ屈辱的なセリフが、緑の背中を押したのは言うまでもない。

「まあ、なんでもいいけどさ、半端な気持ちならやめといたほうがいいぜ」

釣り針にかかった大魚をいますぐに引き上げたい誘惑に抗った。

もっと深く、もっと奥へ針を飲み込むまで……。

「黒瀬君の言うとおりにすれば、変われるんでしょ⁉　彼女達を、見返せるんでしょ⁉」

テーブルに身を乗り出す緑の眼は、激憤と恥辱に充血していた。

「悔しいよ……あいつら……殺してやりたい……」

食い縛った歯から、震える声を絞り出した緑の手の甲に、涙が落ちて弾けた。

「本当に変わりたいなら、まずは殺せよ」

裕二は、冷え切った瞳で緑を見据え、抑揚のない口調で言った。

「え⁉　殺すって……まさか……」

緑の顔から、さっと血の気が引いた。

「勘違いするな。殺すのは、菊池緑だ」

裕二の言葉に、緑が絶句した。

3

新宿駅南口。甲州街道沿いのビルの前で、緑が足を止めた。

「どうした？」

裕二も立ち止まり、眉間(みけん)に縦皺を刻んだ顔を緑に向けた。

「やっぱり、今日はやめようよ。さっきのいまじゃ、心の準備が……」

緑が、泣き出しそうな表情で「南新宿美容形成外科」のピンク色の看板を見上げた。

「明日になれば、心の準備ができるのか？　時間が経てば経つほど、余計に踏ん切りがつかなくなるだけだ」

裕二は、無感情な眼で緑を見据えた。

——私を殺すって……どういうこと？　自殺しろってこと⁉

早徳大学の近くのカフェ……「カモミール」での緑との会話を裕二は思い起こした。

——馬鹿。比喩だ。お前、変わりたいんだろ？　アミカと香奈を見返したいんだろ？

——そうよ。変わって、今度はあいつらを逆に見下してやりたいわ。

——だったら、顔を変えるのが手っ取り早い。まずは、眼と鼻だ。そのほかのところは、医者と相談してからだ。

——それって……整形するってこと？

——ああ。怖いか？

——そりゃあ、怖いわ。だって、メスで切ったり縫ったりするんでしょう？

——麻酔を射つから、大丈夫だ。

——でも、親から貰った顔を変えるなんて……。

——その親から貰った顔のせいで、地獄をみてきたんじゃないか。

裕二の残酷なひと言に、緑の顔が歪んだ。

——小さな勇気を持つだけで、お前の眼に映る景色が変わる。別世界の住人だと思っていたアイドルや女優に負けないルックスを手に入れられるんだ。

一転して裕二は、熱っぽい口調で言った。

――私が、アイドルや女優みたいな顔に……?

――そうだ。顔だけじゃなくて、スターになることだって夢じゃない。

――私が……スターに……?

――ああ、俺を信じてついてくれば、お前をみなが羨むトップスターにしてやるよ。

耳朶と頬を赤く染めた緑が、興奮に潤んだ瞳で裕二をみつめた。

飴と鞭――緑のようなタイプの女には、極端なまでの落差のある言葉や態度を、短い時間で味わわせるのがもっとも効果的だ。その繰り返しにより本人も気がつかない内に、心のハードルが下がって行くのだ。

「だけど……やっぱり顔を変えるのは……」

裕二は、緑の泣き言を断ち切るように封筒を彼女の足もとに叩きつけた。

封筒から飛び出した一万円札が、アスファルトに散乱した。

「だったら、負け犬のまま一生愚痴を言ってろよ！　お前みたいな女はすべてを他人や環境のせいにして、自分じゃなんにも行動しない……結局、自分自身で不幸を招き寄せてるのさ。そのくせ、テレビや雑誌をみて、ああ、私も彼女達みたいに恵まれた容姿に生まれてきたら、ああ、どうして神様は不公平なの……そうやって、悲劇のヒロインになってばかりいる。いいか？　教えといてやるけどな、いくらやっかんでも妬んでも、誰もお前に共感も同情もしてくれない。陰気で鬱陶しい女と思われるだけだ。お前が同性に馬鹿にされるのも異性に見向きもされないのも、誰のせいでもない。お前自身の卑屈な性格が、招き寄せてる結果なんだよ！　もう、うんざりだ。勝手にしろ」

強い口調で捲し立てた裕二は、最後に冷めた声音で呟き緑に背を向け歩き出した。

ショック療法――一か八かの、賭けだった。ここをクリアできないようでは、この先に待ち受けている数々の試練に打ち勝つことなどできはしない。

「待ってよ！」

二、三メートル歩いたときに、足音とともに声が追い縋ってきた。

「やるわ……顔を変えればいいんでしょう！　捨ててやるわよっ。菊池緑を！」

裕二の正面に回り込んだ緑が、両手で札束を握り締めながら顔を真っ赤にして叫んだ。

「どうせまた、ころころ気持ちが変わるんだろ？　俺もそんなに暇じゃないんだよ」

釣り針に食いついた魚を引き上げたい欲求を堪え、裕二は突き放した。

「今度は、大丈夫。もう、気持ちは変わらないわ」

「わかった。なら、信じ……」

「その代わり、約束守ってよね！　私を、誰もが羨む最高の女にしてよ。じゃなきゃ、黒瀬君のこと、殺すわよ」

　緑が、燃え立つような眼で裕二を睨めつけた。

　冗談でもハッタリでもないのは、緑の全身から発せられる殺気が証明していた。

「ああ、そのときは遠慮なく殺せよ」

　内心の気圧されている感情を悟られぬように、裕二は冷静なふうを装って言った。

　しばらく、なにかを測るような窺う視線を向けていた緑が、札束を裕二の手に押し付けると踵を返し「南新宿美容形成外科」の入るビルに歩き出した。

　長い息を吐いた裕二は、両腕の肌が粟立っていることに初めて気づいた。

☆　☆

「日本人の眼は西洋人と違い、目頭に蒙古襞と呼ばれる皮膚の被さりがあります。この被さりのせいで本来の大きさの眼よりも小さい印象を与えるのです。菊池さんの場合、この蒙古襞の面積が広いので、一重を二重にしただけでは満足できる仕上がりにはなりません。なので、二重の手術と併せて目頭切開法をお勧めします」

診療室に並べられた二脚の回転椅子に座る裕二と緑をカウンセリングする医師は、年の頃では三十代前半で、肌が浅黒く精悍（せいかん）な顔つきをしていた。

半袖の白衣から覗く太い腕も分厚い胸板も、医師のイメージから懸け離れている。美容形成外科医は、裕二が親しみ慣れた一般の外科医や内科医とは明らかに違う雰囲気を醸（かも）し出していた。

医師の雰囲気だけでなく、待合室や診療室の壁紙や調度品は一般の病院に比べて金がかけられているのがわかる。

保険が適用されないにもかかわらず待合室のソファがほぼ埋まっていることから察して、かなり儲かる商売なのだろう。

「目頭切開法って、なにをするんですか?」

緊張に強張（こわば）った表情で黙りこくる緑に代わって、裕二は訊ねた。

「目頭切開法とは両目の間隔が広い方や、普通の二重手術よりもすっきりくっきりした仕上がりを望まれる方に適した方法で、さきほどご説明しました蒙古襞と呼ばれる目頭の被さりを取り除き、眼を西洋人っぽく大きくする方法です。併せて行う二重手術のほうは、切開法を適用します。いまから決めるご希望の二重のラインに沿って上瞼を切開し、脂肪を除去します。もうひとつ、埋没法という糸で留める方法があるのですが、菊池さんの場合、上瞼の脂肪の量が多いので、留めた糸が外れて元に戻る可能性があるのでお勧めできません。脂肪は、眼窩脂肪と隔膜前脂肪……つまり、上瞼の腫れぼったい部分の脂肪を除去します。腫れぼったい上瞼のまま二重にしたら、びっくりして見開いたような不自然な眼になりますからね」

本やインターネットの情報レベルではあるが、裕二の頭の中にある知識と大差はなかった。この術式により、テレビで活躍するタレント達と同じ猫科の動物のような切れ長の二重になることができるのだ。

「あの……痛くないんでしょうか？」

緑が、不安げな声で訊いた。

「麻酔クリームと局所麻酔を射ちますので、手術自体の痛みはほとんどありません」

医師の言葉に、緑が少しだけほっとしたような表情を浮かべた。

「先生、手術のあと、どのくらいで傷跡がわからなくなるようになりますか？」

裕二にとって、気がかりなのは術中術後の痛みよりも、「いつから活動できるか？」ということだった。これについてもある程度の知識は持っていたが、確実なラインを知る必要があった。

「今回は切開しますので、個人差はありますが強い腫れは一、二週間残ります。メイクは一週間後の抜糸が終われば大丈夫です。一ヶ月経てば、メイクした状態ならほぼ傷跡はわかりません」

思っていたよりも早期回復しそうな感じなので、裕二は胸を撫で下ろした。

どれだけ眼が魅力的な二重瞼になっても、肉厚で低い鼻もなんとかしなければならない。

顔が仕上がったら、次はスタイル……少なくとも、七、八キロのダイエットが必要だ。

しかも、ただ単に体重を落とせばいいという問題ではない。

緑の体型は幼児体型、つまり、ウエストに括れのない寸胴タイプだった。

緑が「商品」として成立するまで、どれだけの月日がかかるのかが、裕二の懸念するところだった。

「全部やるのに、いくらかかります？」

裕二は、もうひとつの懸念材料――金額を訊ねた。

「二重切開、目頭切開、脂肪除去の合計で六十七万五千円になります」

「え……」

緑の口から驚きの声が漏れた。不安そうな顔をしながら、裕二をみつめる。

思わず、裕二は絶句した。

五十万あれば足りると思っていた――いや、少なくとも、眼だけならば五十万以内でおさまるだろうと踏んでいた。

「そんなに、かかるんですか?」

驚きを表に出さないように、裕二は医師に訊ねた。

「三つの手術を行いますからね。ウチはまだ安いほうですが、よそなら八十万はしますよ」

「そうですか……。どうしても、三つの組み合わせじゃなきゃだめですか? たとえば、二重の手術のほかにどちらかひとつとか?」

「だめってことはないですが、目頭切開をやめれば横幅が広がらないので丸っぽい二重になりますし、脂肪除去をやめれば腫れぼったいままの二重になるので、いかにも整形しました、という感じの仕上がりになります。ちょっと、お待ちください。それぞれの写真がありますので」

医師が立ち上がり、書庫からファイルを抜き出し椅子に戻ると二枚の写真を裕二と緑にみせた。

「右が二重と目頭切開、左が二重と脂肪除去の手術をされた方の写真です」

医師の言うとおり、二重と目頭切開の手術を行った女性は人為的なわざとらしい二重になっており、二重と脂肪除去の手術を行った女性はヌイグルミのような眼の丸っぽい二重になっていた。

「おふた方とも予算の問題でふたつだけの組み合わせの手術になったのですが、正直、もう少し待ってでもお金を貯めてからいらっしゃったほうがよかったと思いますね」

医師が、残念そうに言った。

裕二は下調べが足りなかった自分を悔やみながら、緑の顔をのぞきみた。

先ほどまで強張っていた顔が、少し緩(ゆる)んでいるように感じる。このチャンスを逃すと、緑の考えが変わってしまうかもしれない。

「五十万は持ってるんですけど、とりあえず、これで手術を行ってもらえませんか?残りは、すぐに用意しますから」

裕二は、札束の入った封筒を医師の前に差し出しながら頼んだ。

「申し訳ありませんが、当院は完全前金制になっておりまして、それはお受けできません」

にべもなく、医師は断った。

「まあ、どちらにしても、今日と明日は予約が一杯なので、全額払って頂いても最短で明後日の手術となります。ただし、明後日を見送ると、次は六月十日になりますね」

六月十日と言えば、およそ一ヶ月先だ。

それでは、遅過ぎる。

「わかりました。じゃあ、明後日に予約を入れてほしいんですけど、何時が空いてますか？」

「黒瀬君……」

「いいから」

なにかを言いかけた緑を、裕二は制した。

「午後五時からのご案内になります」

「それでお願いします。なにか、ほかに用意するものはありますか？」

「手術のあとはすぐに帰れますので、目もとを隠すためのサングラスをご用意ください。それでも気になるなら、ツバの広い帽子をご用意なさるといいですよ」

「じゃあ、明後日、またきます」

裕二は緑を促し、診療室を出た。

「お金足りなかったけど、どうするの？」

エレベータに乗って、病院を出るまでの間、裕二は問いかける緑を無視して歩いた。

「ねえ、どこに行くのよ？」

焦れたように訊ねる緑に、裕二は立ち止まると、振り向かずに言った。

「十七万五千円、親から借りてこれないか？」

「え⁉　無理よ。私、高校の卒業旅行で結構貯金を使ってしまって銀行に三十万しかなくて……五十万を揃えるのにパパから二十万を借りるときも、なにに使うんだ？って、しつこく訊かれたんだから」

「なんて答えたんだ？」

「どうしてもほしい服があるからって、お願いしてようやく借りることができたの」

ほしい服があるからと、ポンと二十万を娘に与える父親……裕福な家は違う。だが、だからと言って調子に乗って深入りすれば藪蛇になる恐れがあった。

「なら、仕方ないな」

ふたたび、裕二は足を踏み出した。

歩きながら、裕二は甲州街道沿いに並び立つビルの看板に視線を巡らせた。

「黒瀬君、どうするのよ？　整形手術やめるの？」

おどおどとした声でたずねる緑の顔を一瞥すると、裕二はふたたびビルの看板に眼を向けた。

十七万五千円——とてもじゃないが、学生が正攻法で手に入れられるお金ではない。

しかし、ここまできたら後戻りはできない。

裕二は賭けに出た。

「ちょっとここで待ってろ、そこで俺が用意してくる」

そう言う裕二の視線の先――雑居ビルの二階の看板には「新日本学生ローン」の文字が書かれていた。

「サラ金でお金を借りるって言うの⁉」

「お前も、五十万じゃ手術を受けられないって病院で聞いただろう？」

顔を強張らせている緑とは対照的に、裕二は涼しい顔で言った。

「だからって、なんで黒瀬君がサラ金でお金を借りてまで……」

「じゃあ、お前が借りるか？　たかが眼の整形手術であれだけグチグチ言っていたお前が、サラ金で金を借りれるとでも言うのかよ！」

さっきまでの表情とは打って変わって、裕二は緑に向かい怒鳴った。

緑の顔に困惑の色が広がる。

しかし裕二はそんなことにかまうことなく、続けた。

「いいか、いったい俺は誰のために動いていると思ってるんだ⁉　お前のためだろう！　アミカと香奈を見返したいんじゃなかったのか？　誰もが羨む顔になりたいんじゃなかったのか？　いままでの自分と決別するんじゃなかったのか？　俺はべつにお前の彼氏でも友達でもないし金を貰うわけでもない。でもな、自分を殺してでも変わりたいという覚悟が本物だと思っているからこそ、これだけ協力しているんだ。お前がリスクを負うならば、俺もそれなりのリスクを負う覚悟はある。美貌と栄光が、簡単に、しかもただで手に入ると思うな！」

裕二は緑を一喝すると、ふたたびビルを目指して歩き始めた。

さあ、ここまで言われて、お前は何も感じないのか？

後ろから緑の強い視線を感じながら、裕二は心の中で呟いていた。

そう、もともと裕二は自分がサラ金でお金を借りるつもりはなかった。

もちろんそれは、単にサラ金で借りるのがイヤだから、という理由ではない。今後どうしてもお金が必要になる時に備えての保険——最終手段としてとっておきたかったのだ。

しかしこのタイミングで緑に無理矢理借りさせてしまえば、今後の信頼関係に支障が出るのはもちろん、この計画そのものが駄目になる可能性が高い。

そこで裕二は緑に対して「自分もリスクを負う」という覚悟をみせることで、彼女の良心を刺激する手段に出たのである。

「ねえ、黒瀬君、ちょっと待って……」

緑の声に、裕二は足を止め、振り返った。

計算通りだ。問題は、次に緑が続ける言葉である。

俯き、手を握りしめながら肩を震わせる緑の言葉を、裕二は待った。

「私……ごめんなさい。自分のことなのに……黒瀬君が一生懸命にやってくれているのに……」

もう一押しで、緑は落ちる——そう確信した裕二は、緑を少しリラックスさせる意味も込めて、おどけた調子でこう続けた。

「お前には誰もが羨む最高の女になってもらわなきゃ、俺が殺されてしまうからな」

裕二は口もとに少しだけ笑みを浮かべて、緑の眼をみた。

「黒瀬君……」

緑の瞳の中に、感動の色が浮かんできた。

そしてついに、裕二が思い描いていた言葉を、彼女は口にした。

「……そこまで黒瀬君に頼むわけにはいかないわ。ねえ、私でも……借りること……できるの？」

裕二は心の中で、小さくガッツポーズをしていた。

「菊池……本当に大丈夫か？」

裕二がそう呟くと、緑は頷きながら、突然、顔を覆い泣き出した。

「私、嬉しいの。こんなに私のこと思ってくれた人はいままでいなかったから……」

通行人が、裕二と緑に好奇の視線を向けている。

「おいおい、こんなところで泣くなよ。とりあえず、どこかに入って打ち合わせしよう」

嗚咽（おえつ）で波打つ緑の肩を抱きつつ、裕二は喫茶店へ誘（いざな）った。

☆　　☆

裕二は、二杯目のコーヒーを飲み干し腕時計をみた。

緑が喫茶店を出て、まもなく一時間が経つ。

打ち合わせ通りに緑がやれば、断られることはないはずだ。

緑に融資を申し込みに行かせた「新日本学生ローン」は、店名通り学生専門に融資している消費者金融だ。普通の消費者金融と違うのは、未成年でも高校を卒業した専門学生や大学生が学生証を提示すれば親の保証なしで融資をしてくれるというところだ。

マスメディア関係の専門学校に行っている裕二の友人が、親から仕送りして貰った学費をパチンコですってしまい、借りたことがあるのだった。

——いいか？　使い道だけ言い間違えなければ、二十万は借りられる。整形費用とか、間違っても口にするんじゃないぞ。彼らは、未成年に金を貸すときに建前（たてまえ）が必要なんだ。返せるとわかっていても、遊びや美容に使うなんて言ったら、貸したくても貸せなくなる。学費を落としたと言え。いいな？

──サラ金って、ヤクザがやってるんでしょう？　私……怖いわ……。

──馬鹿。サラ金って言っても学生ローンだ。ヤクザなんて、ついてないさ。

確信なき断言──裕二は、そこまで消費者金融の裏事情に詳しいわけではなかった。いまは、明後日、緑に整形手術を受けさせることがなにより最優先だった。

それにしても、時間がかかり過ぎている。金融業者の剣呑（けんのん）な雰囲気に怯（おび）えた緑が、馬鹿正直にすべてをぶちまけてしまったのではないか？

不安が、裕二の焦燥（しょうそう）を肥大させた。

──お前みたいな半端者は、私の敷いたレールを走ってればいいんだ。

不意に蘇った父の嘲（あざけ）りの言葉が、裕二の心を掻（か）き毟（むし）った。

「頼む……」

眼を閉じた裕二は、重ね合わせた両手に額を押しつけ絞り出すような声で祈った。

「いらっしゃいませ」

ウエイトレスの声に、裕二は弾かれたように顔を上げた。

蒼白な顔で店に入ってくる緑……。

「だめだったのか⁉」

裕二は席を蹴り、緑の肩を摑んだ。

「ううん、借りれたよ……だけど……怖かった……」

緑が、しゃくりあげながら裕二の胸に顔を埋めた。

「よし……よくやった……よくやったぞ。俺が、これまでお前のことを馬鹿にしてきた奴らすべてを見返させてやるよ」

裕二は緑を抱きしめ髪の毛を優しく撫でつつ、自分にも言い聞かせた。

よくみてろ。あんたに、俺の敷いたレールをこれからみせてやるよ。

緑の肩越しに向けられた裕二の瞳には、「見返すべき相手」――父の顔が映っていた。

4

いつも以上に、ベンガルの講義が長く退屈なものに感じられた。

教育学部国文学科の必修科目……「語学と文化」の教授の八木は、パフォーマンス集団「東京乾電池」の「ベンガル」に風貌がそっくりなことから、学生達にそう呼ばれていた。

「ベンガル」の講義は駄洒落のオンパレードで、クオリティが高いならまだしも、恐ろしく低レベルなので苦痛だった。

たとえば、「フランス語の起源はドイツ語が訛ってできたという間違った説を、相変わらず信じているのは『ドイツ』だ？」とか、「教育学部に『今日行く』のは誰だ？」など、聞いているこちらが恥ずかしくなるような駄洒落を、一時間半の講義の間に最低十回は連発する。

ベンガルの駄洒落を聞いていると、若い女の子にウケようとイタイ「オヤジギャグ」を口にする中年男の横で無理して笑うホステスの気持ちが少しはわかるような気がした。

今日のベンガルも、いいことでもあったのか、いつにも増して思考回路がショートしそうな寒い駄洒落を連発していた。

〈緑、私達の言葉がショックで休んじゃったのかな?〉

アミカが、ノートの端にペンシルを走らせ裕二の前に差し出した。

最後列の窓際に席を取った裕二をみつけたアミカと香奈が、当然のように隣に座ったのだった。

一時限目から姿のみえない緑を、裕二を相手に話題にしたかったに違いない。

――もう、緑のこと馬鹿にするのやめるね。いままで、本当にごめん。ブスにブスって言うなんて……虐待と同じだよね。

――私も、ごめん。緑はそうやって一生、日陰の人生を送るんだものね。これからは、ボランティア精神で優しくするから。

緑に整形手術を決意させるために、裕二はアミカと香奈に一万円ずつ渡し、屈辱的な言葉を浴びせかけさせた。

今日、緑に必修科目を休ませたのは裕二だった。

「南新宿美容形成外科」で二重手術と目頭切開手術と上瞼の脂肪除去手術を受けるための準備で、やらせなければならないことがあった。

宿泊費用を作るために、緑にはふたたび学生ローンで融資を受けてくるようにと指示を出していた。

彼女の両親は、まさか娘が大学を休んで整形手術を受けるとは夢にも思っていない。緑の手術直後の顔を目の当たりにしたら、卒倒するかもしれない。いや、もしかしたら裕二を訴え、同時に緑に大学を休学させる可能性だって十分にある。

せめて、抜糸が終わって腫れが引くまでは家に帰したくなかった。サークルの合宿などと理由をつけて、最低でも、一週間は身を潜める部屋が必要だった。

緑の手術は、五時から始まる。

裕二は、四時限目の講義が終わったら緑との待ち合わせ場所である新宿の喫茶店に駆けつける予定だった。

本当は今日一日、緑のそばに付いていてあげたかったが、ふたりして必修科目を欠席すれば怪しまれる可能性があるので、裕二だけは大学に顔を出したのだった。


〈そうかもな〉

裕二は、視線を黒板に向けたまま、アミカのノートに返答した。

〈もしかして、大学辞めたりして……〉

今度は香奈が、自分のノートにペンシルを走らせ裕二にみせた。

〈どうだろうな。興味ない〉

素っ気ない返事を書いたのは、この話題を終わらせたかったから——裕二を信じ一大決心をした緑を、笑い者にしたくはなかった。

一ヶ月後、変身した緑をみたお前達の顔が愉しみだ。

裕二は、心のノートに書いた。

☆　☆

「気分はどうだ？」

新宿南口——待ち合わせの喫茶店に到着した裕二は、最奥のテーブルに座りホットコーヒーを注文すると緑に訊ねた。

小さな音で音楽が流れる店内には、外回りを終え、会社に帰る前にひと息ついているのであろう疲れた顔のサラリーマンが数人、コーヒーを前に静かに煙草をふかしている。

カップの中のレモンティーに虚ろな視線を落としている緑の顔は、月明かりを受けたように青白く血の気がなかった。

「なんだよ？　ヘレン・ケラーになっちまったか？」

気を解そうとジョークを飛ばす裕二をみようともせずに、緑は無言を貫いていた。

「なにか、食べたのか？」

緑が、微かに首を横に振った。

彼女の緊張が伝染ったかのように、裕二も不安に襲われた。

もし、手術が失敗したら、どうなるのだろうか？

書店で、形成外科医向けの専門書を立ち読みしたときに、二重切開や目頭切開の手術の失敗例として掲載されていた写真が脳裏に蘇った。

左右の二重の幅が大きく違う、極端に不揃いな目になった患者。

目頭を切除し過ぎて、指で鼻梁を摘んだように寄り目になった患者。

二重のラインがギザギザになり、皮膚が引き攣れ、上瞼が捲れ上がった状態の患者。

どの写真の女性も、自殺を考えても不思議ではないと思えるほど憐れな顔になっていた。

修正手術を受けるにも金がかかるし、なにより、元の状態に戻る保証はない。瞼の皮膚は薄いので、手術を重ねればそれだけ傷跡も残ってしまう。

顔は女の命――整形手術が失敗したとなれば、ますます緑の親も黙っていないだろう。

「心配するな。手術は、きっとうまく行く」

裕二は、頭の中で次から次と押し寄せるネガティヴな妄想を打ち消すように、緑に言った――自分に言い聞かせた。

「他人事だと思って……」

初めて、緑が口を開いた。

かなりナーバスになっているのだろう。彼女の声は薄く掠れ、手は微かに震えていた。

「なに言ってんだよ。もしものことがあったら、俺が責任を負わなければならないんだぞ？　他人事なんて、思うわけないだろう」

「でもさ、手術が失敗しても、黒瀬君はなにも変わらないじゃない。お化けみたいな顔になるのは、私なんだからね」

「日本の整形手術の技術は、世界でもトップクラスなんだから、そんなことはないって。過去に手術を失敗して裁判沙汰になった医者は、医師免許を持ってないモグリばっかりって話だ」

でたらめ——立ち読みした専門書に載っていた整形手術の失敗写真は、どれも大手の形成外科で行われたものばかりだった。

嘘も方便だ。

ただでさえ不安になっている緑の精神を、これ以上、追い詰めるわけにはいかない。

「痛いのかな？」

裕二の言葉で少しは安堵したのか、緑が新しい不安を口にした。

「先生も言ってたけど、麻酔を射つんだから痛みはほとんど感じないはずだ。まあ、チクリくらいはするだろうけどさ。虫歯を削るやつ……あの、ウィーンって鳴るドリルよりましだと思うよ」

裕二は、敢(あ)えて楽観的に言った。

これも専門書で読んだのだが、じっさい、手術の最中は麻酔が効きにくい体質でないかぎり、激しい痛みを感じることはないという。

だが、術後の痛み……手術当日から翌日にかけて、麻酔が切れてからの痛みは地獄だという。

もちろん、緑の恐怖を煽るだけなので、その情報を教えるつもりはなかった。

「それより、借りてきたか？」

裕二は、緑に手を差し出した。

「うん……」

緑がバッグから、封筒を取り出し裕二の掌に載せた。

裕二は、封筒の中身を確認した。

一万円札が、二十枚。

これから、なにかと出費が多くなる。

裕二が目星をつけているウィークリーマンションは、一週間で三万五千円の費用がかかる。ほかにも、鼻の整形やダイエット……緑が借りた二十万は、あっという間になくなるだろう。

「黒瀬君。本当に、私、アミカや香奈を見返せるよね？」

縋る瞳を向け、緑が訊ねてきた。

「アミカや香奈だけじゃない。俺を信じてついてくれば、いままでお前を馬鹿にしてきた奴ら全員を見返せるさ」

クラスメイトに馬鹿にされるされないを心配するような低レベルの「商品」を作るつもりはない。裕二の視線の先には、「ミス早徳」をステップに、芸能界に殴り込むという青写真が広がっていた。

☆　　☆

「お付き添いの方は、こちらでお待ちください」

夜の商売が似合いそうな派手な顔立ちをした看護師が、手術前の写真撮影に呼ばれた緑のあとに続こうとした裕二を男性用の待合室のドアを開けて促した。

美容形成外科が一般病院と違うのは、インテリアや内装に金がかかっている以外に、看護師がみな若くて美しいということだった。

ただし、その美しさは人工的なものだ。

美しくなるための病院なので、まずはスタッフを見本にする、ということなのだろう。

たしかに、虫歯だらけの歯科医やメタボ体型のエステティシャンでは説得力がない。

「俺は付き添えないらしいけど、頑張れよ」

裕二は、不安そうに振り返る緑に拳を作って頷いてみせた。

「どのくらいで終わりますか？」

「一時間くらいですかね。待合室での携帯電話のご使用はできませんので、よろしくお願いします」

無愛想に言い残し、看護師が待合室のドアを閉めた。

美容形成外科という業種柄、来院するのは大部分が女性なので男性は三坪ほどの個室に「隔離」されていた。

噂では、芸能人専用のＶＩＰルームも存在するらしく、待合室はもちろん、手術室も一般の患者とは別になっているという。

しかも、万が一の失敗もないように必ず院長が執刀し、芸能人の予約が入っているときは一日三人までと手術数を制限しているそうだ。

裕二はテーブルに載せたノートパソコンを開きパスワードを打ち込んで立ち上げると、デスクトップに置かれた「国文学科　レポート」という名前を付けたフォルダを開いた。

フォルダ名とは違い、中にストックしているのは、ほとんどが芸能界に関する情報だった。

裕二は、約一年前から、芸能界で生きていくための勉強をしていた。

芸能界で成功をおさめる確証があるわけではなかった。

また、芸能界が特別に好きなわけでもない。

ただ、自分を活かせる世界だという自信があった。

「プロデューサーの業務」のタイトルをクリックした。

○大別して、テレビ局所属、映像制作会社所属、フリーと三タイプに分けられる。

○制作費の調達（スポンサーの確保）、原作権の確保、放映権または上映権の確保、キャストのキャスティングに纏わる所属事務所との交渉、スケジュールの確保、脚本家の確保、制作に絡む様々なトラブル処理。

○ドラマ制作の場合、映像制作会社がテレビ局の下請けとなり現場を進行させる。ただし、主要キャストのキャスティングや脚本家の選出はテレビ局のプロデューサーが権限を持つ。テレビ局と映像制作会社の関係は、大事件の捜査本部にたとえると、警視庁と所轄署の関係に似ている。

○テレビ局のプロデューサーは映像制作会社のプロデューサーよりも権限を持っているが、好き勝手に振る舞えるわけではない。芸能界には「行政」と呼ばれる悪しき習慣が蔓延っており、業界に多大なる影響力を持つ芸能プロダクションがキャスティングに絡み、テレビ局の幹部クラスと話をつけ、主要キャスト数人は最初から決定された状態で現場プロデューサーに企画が降りてくる。いわゆる「行政セット」と呼ばれている。

○ドラマの企画自体も、プロデューサーの意見が通ることは少なく、局幹部と大手芸能プロダクションが主役のタレントに合わせた物語を選別する場合が多い。物語の前に主役のタレントが決まり、そのタレントを光らせるための脚本作りという流れが現在のテレビドラマ制作の主流となっている。

○映画制作の場合は、ドラマ制作ほど行政が絡まず、監督、プロデューサー主体の流れで進むことが多い。それでも、客の取れるキャスティングを念頭におかねばならず、大手芸能プロダクションの有名タレントにオファーを出し、結果、キャスティングや脚本に口を出されるということもある。

裕二は、以前に、様々なサイトから寄せ集めた情報をまとめたものに眼を通した。自分の好きなようにやるためには、テレビ局に入社してプロデューサーを目指すより、映像制作会社のほうが早道な気がする。しかも、テレビ局の場合は狭き門を突破して入社できても、ドラマの制作部に配属されるという保証はない。その点、映像制作会社なら、早徳大学クラスを卒業していれば、入社の可能性は飛躍的に高まる。

しかし、裕二には、菊池緑を付加価値の高い「商品」にして芸能界を席捲(せっけん)したいという「夢」がある。大学を卒業してどこかの制作会社に入社し一から修業して……という通常のやりかたでは何年かかるかわからない。

数年ならまだしも、新人タレントを映画やドラマの主要キャストにキャスティングできる立場になるまでに最低でも十年は必要だ。そんなに年月をかけてしまえば、いま、緑にかけている金と労力が無駄になる。

裕二が出した結論は、フリーのプロデューサーが「夢」を実現する早道ということだった。

だが、フリーのプロデューサーは縛りがないぶん自由な動きはできるものの、テレビ局や映像制作会社のプロデューサーに比べて圧倒的に信用と資金がない。

フリーと言えば聞こえはいいが、ようするに個人事業主だ。

個人がデパートやコンビニエンスストアに商品を扱ってもらおうとするならば、その商品にかなりの魅力がなければならない。

魅力的商品……タレントとは違う。

どれだけ華のあるタレントを抱えていても、ドラマや映画に無関係のフリーのプロデューサーがキャスティングに口を出せはしない。

緑をキャスティングするには、とにもかくにも、その作品のプロデューサーになることが絶対条件だ。

ドラマにはテレビ局か映像制作会社の社員でなければ関われない。

映画はフリーのプロデューサーでも食い込めるが、知名度と実績がなければ指名を受けることはない。

無名なフリーのプロデューサーが制作に関わるには……原作を押さえることだ。

映画もドラマも、八十パーセント以上が小説か漫画が原作だ。

といっても、原作を押さえるのはそう簡単なことではない。

しかし、それしかない以上、やるしかない。

裕二は、暇さえあれば書店を回り、映像化できそうな小説や漫画を探した。

読んでみていいと思うものがあれば、架空の会社名を使い版元に連絡して原作権が押さえられているかどうかを確認し、リストに○×をつけてゆく。

因みに、初めはフリーのプロデューサーとして連絡をしてみたのだが、電話口で怪しまれたあげく、「個人とは契約することはできない」と冷たくあしらわれてしまった。

それ以来、裕二は架空の会社名を使い連絡をするようにしている。

優先契約を結べば年間数十万の契約金を払わなければならないので、映像制作会社への当たりをつけてから本格的に押さえに動くつもりだった。

——裕二。人生には、誰の前にも平等に大中小と三つの山がある。誰しも、生まれたときは平等にどの山に登るかの選択肢を与えられている。成長してゆく過程で、目的を持って努力している者は一番高い山に登れるだけの体力がつき、目的は持っているが特別な努力はせず普通に過ごしている者は中くらいの山に登れるだけの体力がつき、目的もなく怠けている者は一番低い山にしか登れない。山の頂上に立った者は、それぞれの高さからの景色を見下ろすことができる。お前は、父親と兄が最高峰の山に登る手本をみせたというのに、学ばなかった。お前が頂上だと思い満足感に浸(ひた)って眼下を見渡している遥か上空から、大勢の「勝ち組」が見下ろしているとも知らずにな。

不意に、父の言葉が脳裏に蘇った。

――俺は、あなた達が立つ山からは決して眼にすることができない景色を瞳に焼きつけますよ。

屈辱感に臍(ほぞ)を噛(か)みながら、裕二はそう返すのが精一杯だった。

ドアがノックされ、さっきの感じの悪い看護師が顔を覗かせた。

「手術が終わりました。お連れさま、診療室にいるので迎えに行ってあげてください」

眉根に皺を刻む看護師をみて、なぜ連れてこないのだろうと裕二は疑問を感じた。

裕二は席を立ち、診療室に向かった。

足を進めると、ドン、ドン、と壁を叩くような衝撃音が聞こえてきた。

診療室のドアの前に立った。

衝撃音は、ドアの向こう側から聞こえてきた。

いやな予感に手を引かれるように、診療室のドアを開けた。

裕二は、息を呑んだ。

赤紫に腫れ上がった両瞼を囲むバッテン印の糸――痛々しい姿に変貌した緑が、右の拳で壁を殴りつけていた。

壁には、拳から出血したのだろう赤い血痕が付着していた。

「おい、なにしてる……やめるんだ!」

裕二は、緑を背後から抱き締め腕の自由を奪った。

緑の身体は、雪山での遭難者のようにガタガタと震えていた。

「怖くて……いまも震えてる……止まらないの……だからこうやって……」

緑が、嗚咽交じりの切れ切れの声で言った。

「だからって、こんなことしたら、骨が折れるぞ」

「まだまだ、私は変わらなきゃならない……震えてる自分が悔しい……弱い自分が悔しい……負けたくない……絶対にみんなを……見返してやる……」

荒い息を吐きながらの緑の言葉に、裕二の心も震えた。
「お前……」
続きを、声にできなかった。
裕二は、懸命に昔の自分と戦う緑の鬼気迫る姿に胸を打たれた。
彼女の決意の前では、どんな言葉をかけても陳腐なものになってしまう。
裕二は、ただ黙って、緑を抱き締める腕に力を込めた。

5

パックの白米を十四パック、ジャガイモを三個、人参を三本、玉ねぎを三個、キャベツを二分の一個、レタスを一個、豚ばら肉を二百グラム、カレーのルーをひと箱、トマトを二個、パスタをひと袋、二リットルのミネラルウォーターのペットボトルを二本、紙パックのオレンジジュースと牛乳をひとパックずつ、紅茶のティーバッグをひと箱、ゼロカロリーシリーズのゼリーのオレンジ味、グレープ味、キウイ味を一個ずつ、カロリーメイトをふた箱……裕二は、カートに一週間分の食料品を次々と放り込みながらスーパーの通路を早足で歩いた。

カートごとエレベータに乗り一階で下りた裕二は、雑誌のコーナーに向かった。

表情の作りかたやファッションの勉強になるように、人気女優やアイドルが数多く掲載されている雑誌や、ハリウッド女優やスーパーモデルが掲載されているファッション誌を五冊カートに入れ、レジに並んだ。

緑が学生ローンから借りてきた金で会計を済ませ、今度はレンタルDVDショップに足を向けた。

DVDも、演技の勉強になるように、話題作を選ぶということではなく監督やプロデューサーから評価の高い女優の出演作を十本ほど選んだ。

抜糸は、一週間後。その間、緑は裕二が用意した中野のウィークリーマンションに籠(こも)りっきりなので、女優やモデルのDVDや雑誌をみて勉強する時間はたっぷりとある。

整形手術でルックスがよくなっても、中身が伴(ともな)っていなければ魅力は半減する。

裕二は、芸能界について本格的に調べ始めた一年前から、二日に一本ペースで洋画や邦画のDVDを借りて鑑賞していた。

演技力に定評のある女優の出演作品、演技は下手だが人気のある女優の出演作品、名監督と言われる人物が撮った作品、歴史的名画との誉(ほま)れ高い作品、映画賞を受賞した作品などをインターネットで下調べしてからチョイスした。

ほかには、トレンディドラマ全盛期の一九八〇年代半ばから九〇年代前半にかけての連続ドラマや最近話題の連続ドラマのＤＶＤも研究した。

名作と駄作、名役者と大根役者……観るのも苦痛な作品も多々あったが、反面教師の意味も含めて、すべてが参考になった。

裕二が得たことは、女優としてブレイクするには、ビジュアルがいいだけでも演技がうまいだけでもだめだということだった。

トップ女優は、ほかの女優にはない独自の「武器」を持っているということ。

それは、ふとみせるアンニュイな表情だったり、一度耳にしたら忘れられない声質だったり、独特の間の取りかただったりと、それぞれだった。

ただ、彼女達に共通しているのは、画面越しにも伝わってくる理屈抜きのオーラだ。

オーラと言っても、もちろんそれが見えるわけではない。

言葉にするのは難しいのだが、あえていえば複数の共演者と映っていても、たとえセリフがなくても、その女優だけ浮き出して見える……まさに「別格」というべき存在感。そういう女優が、オーラを放っているというのだろう。

しかし、どうやってオーラを身に纏わせるかは非常に難しい問題だ。

いや、身につけようとして身につくものではない。

できるだけ多くの「本物」に触れ、頭ではなく身体で感じる。

ドラマや映画はもちろん、小説、絵画、彫刻、陶芸……アートと呼ばれるものすべてを吸収する柔軟な心、電流が走ったような刺激を受ける豊かな感受性を育み、磨いてゆけば、内面から自然と眩いばかりの光を発するようになるのかもしれない。

一番避けなければならないのは、大衆化すること。つまり、ミーハー心を持たないことだ。

人気の男性アイドルにテレビ局の廊下で擦れ違ったときに頬を上気させ、興奮し、握手やサインを求めるような女の子や、憧れの男性アイドルと話せて感激に泣き出すような女の子が、監督やプロデューサーがひと目みた瞬間に虜になってしまう独特の空気感を出せる女優になるとは思えない。

もっと言えば、オーディション会場に足を踏み入れた途端にその場の空気が変わるような女の子は、事務所によって作り上げられたアイドルに夢中になったりしないものだ。

なぜなら、数百から数千のタレント達と接してきた百戦錬磨の監督やプロデューサーを魅了するほどの女の子は、自己というものをしっかりと持っている。

決して、周囲の人々の意見や環境に流されない強い意志の持ち主だけが、「選ばれし者」になるのだ。

果たして緑は「選ばれし者」になれるのか……マイナスの感情が裕二を支配しかけ

たその瞬間、震える身体を抑えようと診療室の壁を殴り続けていた緑の姿が浮かんだ。

——まだまだ私は変わらなきゃならない……震えてる自分が悔しい……弱い自分が悔しい……負けたくない……絶対にみんなを……見返してやる……。

緑の拳から流れる血で赤く塗られた壁、そして決意の言葉。

俺が弱気になってどうする。緑はまだ何の実績もない俺の言葉を、熱意を信じてついてくる決意をしてくれたんじゃないのか……裕二は俯きかかった頭を上に上げるとDVDショップを出て、両手に大荷物をぶら提げたままアーケードのある商店街を駅のほうへ向かった。

北口から南口に続くガードを潜ってすぐのところに、緑が宿泊しているウィークリーマンションがある。

緑には、両親にたいして、テニスサークルの体験合宿で軽井沢に行くという嘘を吐かせた。

子供への干渉が激しく疑り深い親だと、大学に問い合わせたりする可能性もあった。

最悪の事態を回避するために、裕二は自分のことをテニスサークルの部長と偽らせ、携帯電話の番号を両親に伝えさせた。

親の心理は不思議なもので、事前に友人関係の携帯電話の番号を教えられれば、逆に連絡を入れないことのほうが多い。なにも情報を与えられなければ不安になった親は、手当たり次第に電話をかけまくることだろう。

ようは、安心感を与えること――裕二は、緑に日に一度は家にメールか電話を入れるように指示していた。

「黒瀬君？」

ガードを北口から南口に抜けたときに、背後から声をかけられた。

振り返った黒瀬の顔が、思わず歪んだ。

「やっぱり、黒瀬君だ」

声をかけてきたのは、裕二と同じ学科の「Ａクラス」の伊佐美真央だった。

真央は、明るく朗らかな性格をしており、クラスでも友人が多かった。

裕二も、好感を持つまではいかないが、いいコだな、とは思っていた。

ただ、真央には、ひとつだけ欠点……というより、困った点があった。

それは、好奇心旺盛なところだった。

――スペイン語の阿藤先生は、どうしていつまでも独身なのかしら？

――香奈ちゃんのピアスがさ、いつも赤ばかりなのはなんで？

——犬とか猫は、時間の概念とかあるのかな？　たとえば、五時間ぶりに飼い主が帰ってきたときと十時間ぶりに帰ってきたときの差を、認識できているのかしら？

——黒瀬君のお父さんって、ウチの教授だよね？　試験の情報とかは、教えてくれたりしないの？

とにかく真央は、疑問に思ったことの答えを求めなければ気が済まない性格をしていた。

「黒瀬君ってさ、住まい中野だっけ？　たしか、目黒じゃなかった？」

早速、真央の好奇心のスイッチが入った。

「知り合いがいるんだ」

裕二は、当たり障りのないあやふやな受け答えをした。

「もしかして、彼女？」

真央が、黒瀬の両手一杯に提げられているスーパーの買い物袋に舐めるような視線を向けながら訊ねてきた。袋には、食材やスウィーツ、それにレンタルＤＶＤまで入っているので真央が勘繰るのも無理はない。

「まさか」

黒瀬は、即否定した。事実でないから否定したのではなく、恋人の存在を匂わせれば詮索がさらに激しくなるからだ。しかも、買い物袋を持って向かう先が同じクラスの緑だと知られたら、学校中に噂を広められてしまう。

そうなったところで、緑とは恋仲でもなんでもないので構わないが、整形手術をした、という別の問題がある。ここで真央に自分と緑の繋がりを嗅ぎつけられてしまったら、後々面倒なことになる。

「でも、その袋の中、料理作って貰います、仲良くＤＶＤを観ます、って感じだよ？」

「俺のお袋の姉貴が中野で独り暮らししてるんだけど、ぎっくり腰で寝込んじゃったんだ。今日は、お袋が用事があって看病に行けないから代わりに頼まれたってわけさ」

どうして、自分がこんな不毛な言い訳を真央にしなければならないのか……いや、不毛ではない。緑をプロデュースして、父や世間をあっと言わせるために、ここで邪魔されるわけにはいかない。

「ふーん、そうなんだ」

真央が、消化不良の顔で納得した。

「じゃあ、俺、急ぐから」

「あのさ、緑となにかあったの？」

踏み出しかけた足が、瞬間冷凍されたように固まった。

「緑？　菊池がどうかしたのか？」

裕二は、しらばっくれて訊ね返した。

内心は、激しく動揺していた。

「昨日も今日も、大学に顔出してないじゃん」

「あ、ああ、そう言われればそうだけど、なんで俺に訊くんだよ」

緑が大学を休んでいる理由を知っていながら、カマをかけているのか？

しかし、「南新宿美容形成外科」に裕二と緑が一緒に入るところを偶然に目撃でもしていないかぎり、それはありえないことだった。

「香奈とアミカがさ、なんか、黒瀬君が緑のこと相当嫌ってるみたいな話をしてたから」

心で舌打ち——まったく、おしゃべりな女達だ。

緑に整形手術を決断させるために、裕二は香奈とアミカに一万円ずつの報酬を渡し、彼女を侮辱するように頼んだ。

なぜそんなことを頼むのかと訊かれたときに、緑のことがムカつく、と答えたことを鵜呑(うの)みにし、真央に言ったに違いない。あれほど口止めをしておいたのに……。

ふたりにたいしての怒りに、裕二の胃は熱湯を流し込まれたように煮え立った。

「なんで俺が？」

真央がどこまでを聞かされているのかが気になり、裕二は彼女のリアクションを注視した。

「香奈達に、緑のことムカつくって言ったんじゃないの？」

どうやら、ふたりは、裕二から受けた「指令」のことまでは口にしていないようだった。

「言わないよ。菊池のことは、ムカつくほどの印象もないし。じゃあ、またな」

裕二は興味なさそうに言うと、次の質問が飛んでこないうちに真央に背を向けた。

香奈とアミカには、もう一度、きつく釘を刺しておく必要がある。

思わぬ足止めを食ってしまった。

裕二は、歩行者用の青信号が点滅する横断歩道を駆け足で渡った。

☆　☆

八〇二号室——緑のために借りた部屋のインターホンを押した。
スペアのカードキーを持っていたが、用意する時間を与えるためにいきなりドアを開けることはしなかった。
二、三分経ってから開いたドアの向こう側に、キャップを被りサングラスをかけたスエット姿の緑が現われた。

「よう、傷の具合はどうだ？」

裕二の問いかけに答えず、緑は背を向け部屋に戻るとベッドに膝を抱えて座った。

ベッドの脇のテーブルには、血が付着した丸まったティッシュが転がっていた。

傷口からの出血を拭いたに違いない。

テレビからは、バラエティ番組が大音量で流れていた。

「痛むか？」

「痛いに決まってるでしょ！　昨日だって、一睡もできなかったんだからっ」

いらついた声で、緑が八つ当たり気味に吐き捨てた。

なんだその態度は？

口をついて出そうになった言葉を、裕二は呑み下した。今日は手術二日目……麻酔も切れ、想像を絶する激痛に耐えているのだから、誰かに当たりたくもなるだろう。

「食材、いろいろ買ってきたぞ。カレーくらい、作れるだろう？」

裕二は、気分を取り直して声をかけた。

緑が、面倒臭そうに頷いた。

「ゼリーとかあるけど、なんか食うか？」

今度は、首を横に振る緑。

「体力つけなきゃ回復も遅れるだろうから、なんか食っておけよ」

裕二は、冷蔵庫に食材をしまいながら言った。

「水とかジュースも入れておくからさ」

相変わらず、緑はだんまりを決め込みバラエティ番組を観ていた。

「遅くても、九時までには食事は済ませたほうがいい。食後に化膿止めの薬を飲まなきゃならないんだろう？　それに、あまり遅くに食事すると脂肪になるからな」

キャップを目深に被り顔半分が隠れそうな大きなサングラスをかけているので、緑の表情はわからなかった。だが、機嫌が悪いことだけは間違いない。

「ほら、借りてきたぞ」

裕二は、緑のもとに歩み寄り、ベッドの上にＤＶＤを広げた。

「評価の高い女優や監督の作品を中心にチョイスした。話題性より演技面を重視して借りたから内容はイマイチのものもあるかもしれないけど、勉強だと思って研究してくれ」

緑は返事も頷きもせずに、芸人達の馬鹿騒ぎを垂れ流すテレビから視線を離さなかった。

「さあ、こんなくだらないもの観てないで、一流女優のオーラを体感しろよ」

裕二は言いながら、テレビのリモコンを手に取り入力切替のボタンを押した——画面をＤＶＤの再生画面に切り替えた。

「勝手なことしないでよ！」

緑が、裕二の手からリモコンを奪い取るとテレビをバラエティ番組に戻した。

「いま、こうやって外に出られない時間こそ、『光り輝く自分』になる勉強をするチャンスじゃないか？　バラエティなんて観てないで、女優の……」

「もう、いい加減にして！」

突然、緑が絶叫し、キャップとサングラスを裕二に投げつけた。

「みてよ！　この顔を！」

裕二は、息を呑んだ。

緑の瞼は、手術直後にみたときよりも倍に腫れ上がり、黒紫の内出血の色味が濃くなっていた。眼の周囲を取り囲むように縫われたバッテン印の糸が、いまにもはち切れてしまいそうで痛々しかった。

「こんな顔で、光り輝く自分とか、女優とか、考えられるわけないじゃない！　私がいま、どんな気持ちかわかる⁉　手術が失敗して、一生、化け物みたいな顔になったら……もうそのことだけで頭の中がいっぱいなの！　不安で不安で不安で……あなたにはわからないでしょう！」

鬼気迫る緑の迫力に、裕二はすぐに言葉を返せなかった。

たしかに、滅多打ちにされたボクサーさながらの瞼の状態から、誰もが羨むようなすっきりとした切れ長の二重になるのだろうか？

不安と危惧が、空気を送り込まれた風船のように裕二の胸奥で膨らんだ。

緑の言うとおり、万が一、手術が失敗していたら……絶望の果ての自殺、両親からの損害賠償――裕二の頭の中で、最悪のシナリオのページが次々に捲られた。

「いま、きれいな顔の女優なんてみたら……私……」

声を詰まらせた緑の歪に引き攣れ腫脹した眼から、大粒の涙が溢れ出した。

「大丈夫、心配するな」

裕二は、緑の気を落ち着かせるために手を握り締めながら力強い声で言った。

「美しい蝶だって、毛虫の時期を通り過ぎる。一ヶ月後、お前はいままで体験したことのない高みから景色を見渡せるようになるから」

一番高い山の頂から、あんたらを見下ろしてやるよ。

緑に言い聞かせると同時に、裕二は父と兄に宣言した。

6

早徳大生御用達のカフェ「カモミール」のいつもの席――裕二は、人目につきにくい窓際の席で開いたノートパソコンのディスプレイに表示された「芸能人整形画像」のタイトルを片端からクリックしていた。

客席は八割がた学生達で埋まっていたが、午前中の早い時間帯なので、みな、レポート作成に追われていたり、ノートを写していたりと作業に没頭し、裕二を気にする者はいなかった。

連ドラで常連の「抱かれたい芸能人一位」のトップ俳優、肉感的なグラマラスボディで世の男性の欲情した視線を独り占めにしているグラビアアイドル、ＣＤを出せばオリコン一位が指定席の女子中高生のカリスマ歌姫、十社を超えるＣＭに起用されている若手人気女優……日に一度はテレビや雑誌で顔をみる売れっ子達の冴えない学生時代の写真を裕二はサイトから拾ってはフォルダに保存していた。

少しだけ垢抜けた程度の芸能人もいれば、名前が掲載されていなければ誰だかわからないほどの「別人」もいた。

ホットコーヒーのカップに砂糖を掬ったスプーンを運びながら裕二は、ずらりと並べられた整形芸能人の顔写真を見比べた。

これが、普通だ。

振り返ってみれば、昭和三、四十年代の日本人に、これだけの数の二重瞼はいなかった。眼だけではなく、もっと鼻も低く、えらが張ったり下膨れの輪郭が主流で、それらのアジア人特有の平板な顔立ちは、美容業界の目覚しい進歩や時代の流れだけでどうなるものでもない。

現在、街角に溢れ返る欧米的な陰影深い顔立ちは、その多くが整形手術によるものだ。


――本当に……きれいになれる⁉ 女優やモデルみたいに、みんなが羨むような顔になれる⁉


手術二日目の夜、緑は涙と鼻水に塗れた顔で裕二に詰め寄った。

いま、緑に必要なのは、「プロデューサー」である自分への信頼と未来への希望だ。

今夜、中野のウィークリーマンションに行き、緑にフォルダに保存した整形芸能人の写真をみせるつもりだった。

世の男性の憧憬の的である女優、アーティスト、グラビアアイドルの未完成時代の顔をみせれば、裕二の言葉にも説得力が増すはずだ……その一方で、心の底の方でステレオの重低音のように響いているもう一つの思い。

彼女達は、最高の成功例ではないのか？
その成功例の陰で、どれだけの数の女達が整形手術に失敗し、奈落の底に叩き落とされているかを知っているのか？　失敗とまでは行かなくても、果たして、緑が誰もが羨むような美貌になれるという根拠はどこにある？　お前は、形成外科医でもないズブの素人だ。シナリオ通りに事が運ぶ確率は、宝くじの一等賞が当たるほどの低いものではないのか？

緑に希望を持たせようとしている裕二自身が、不安の心に囚われていた。
そんな弱気では、うまく行く物事もだめになってしまう。
自分には、プロデュースの才能がある。
もちろん、なんの根拠も実績もない。
周囲の誰ひとりとして、裕二にそんな能力があるとは思っていない。
だが、自分にはわかる。
将来必ず、芸能史に名を残す敏腕プロデューサーになれるということを。

そう信じていた……信じる力、信念こそが、金も権力も人脈もない無力な裕二にとっての、唯一の財産だった。

裕二は、「偉人達の信念」とタイトルをつけたフォルダを開いた。

ウォルト・ディズニーは、若い頃に勤務していた新聞社で編集長から「君は想像力に欠け、よい発想が全くない」と解雇(かいこ)を告げられた。ディズニーランドを建設する以前には、何度も破産を繰り返す苦難続きの人生だった。

第十六代アメリカ合衆国大統領、エイブラハム・リンカーンは、一八三二年に州議会議員に立候補し落選してから、初めて当選するまでに八回連続で落選している。

発明王の異名を持つトーマス・エジソンは、小学生の頃に教師から「君には学習する知能がない」と残酷な言葉を浴びせかけられ、社会人になってからも、「無能だ」という理由で二度会社を解雇されている。さらにエジソンは、その名を歴史に刻んだ白熱電球を発明するまでに、千回の失敗を繰り返している。

二十世紀最大の天才と言われる、相対性理論を築き上げたアルベルト・アインシュタインは、四歳まで話すことができず、七歳まで文字が読めなかった。アインシュタインの両親は息子の知能に障害があると思い、学校の教師は「彼は知能が低く、社会性もなく、いつも現実性のない空想に耽(ふけ)っている」という理由で退学処分にした。その後、スイスのチューリヒの学校からも入学を拒否され、長い年月をかけたのちになんとか読み書きができるようになった。

アメリカの自動車王と呼ばれるヘンリー・フォードは、「フォード・モーター」を成功させるまでに七度の倒産と五度の破産を経験している。

「キング・オブ・ロックンロール」の称号を持つエルビス・プレスリーは、デビュー当時、ラジオショーのパフォーマンスをたった一度でクビになり、ディレクターから、「トラックの運転手に戻れ」と罵倒(ばとう)された。


彼ら歴史的偉人の活躍をみて、酷評、または侮辱してきた者達は、どんな顔をしたことだろう？

裕二は思った。彼らが歴史に名を刻む成功をおさめたのは、その才能によるところが大きいのは否定できない。しかし、才能以上に、「信念」の強さが周囲の誰よりも圧倒的に秀(ひい)でていたことが最大の理由だ。

たしかに、自分には、芸能人を育てた経験はない。

だが、数々の大物俳優を育ててきたプロデューサーであっても、最初から大物だったわけではない。業界に入る前は、自分と同じズブの素人だ。

失敗を繰り返しながら知識をつけ、人脈を作り、根気よくタレントを売り込み続ける——この業界は、海に還る海亀の子供のように、弱くては生き残れず、強いだけでも生き残れない。強い上に運を味方につけられる者だけが、最後に笑う世界だ。

「やっぱり、ここにいたのか」

不意に、声をかけられた。

声だけで誰かがわかったので、裕二は返事もせずにパソコンのディスプレイから眼も離さなかった。

「僕もコーヒーを」

ただ注文するだけの短い言葉からも「できる男」のオーラが鼻につくほど漂い、裕二は軽いイラ立ちを覚えた。

いま最も会いたくない人間の一人——兄の真一。彼が学生の頃から愛用している男性用の香水の甘ったるい香りが漂い、裕二は眉間に皺を寄せた。

「コーヒー一杯が二百円か……相変わらず安いな。僕も、学生時代はよく利用したよ。ダメもとで覗いてみたけど、まさかいるとは驚きだ」

真一の声など聞こえないとでもいうように無視して、裕二は「南新宿美容形成外科」のホームページを開くと、「隆鼻術」という鼻の整形手術の欄をクリックした。

緑の眼の状態が落ち着いたら、あまり間を置かずに鼻の手術に取りかからねばならない。どれくらいの費用がかかるのか……どのくらいで腫れが引くのかが気になった。

緑には既に、学生ローンから四十万を借りさせている。新たに融資を受けられるとしても、十万が限度だろう。鼻の整形に宿泊費用——どちらにしても、新たな金策を考えなければならない。

「わざわざ訪ねてきた兄を無視するほど、自棄になってるのか？」

真一が、裕二のノートパソコンを閉じながら言った。

「自棄になってなんかいないさ。それに、会いにきてほしいと誰が頼んだ？」

仕方なく、裕二は真一と眼を合わせた。

「相変わらずだな、お前は。そういう捻くれたところを、直したほうがいい。もう、十四、五の反抗期のガキじゃないんだぞ？」

「俺が捻くれていようがなんだろうが、あんたには関係……」

「あるさ」

裕二の言葉を、真一が力強い声で遮った。

「お前がなにをどう言おうと、黒瀬家の人間に変わりない。お前が恥をかくということは、黒瀬家も恥をかく。お前が低くみられるということは、黒瀬家も低くみられるということだ。政経学部に入れなかっただけでも十分に黒瀬家に泥を塗っているというのに、お前からはなんとかしたいという気持ちがまったく伝わってこない。いったい、なにを考えてるんだ？　まさか、教育学部で無難に四年間過ごして卒業できればいいなんて思ってないだろうな？　いいか？　学校の教師になるなら別だが、教育学部卒の肩書きでは僕や父さんのいる世界でなんの役にも立ちはしない。大学生活の四年間で、どうすれば少しでも僕や父さんに追いつけるかを考え、血を吐くような努力をするんだ。黒瀬家の人間なら、もっと責任感を……」

「あんたも親父も、責任感、責任感って、うるさいんだよ！　どうしてあんたらに、俺が恥をかくだとか低くみられるだとかわかるんだよ⁉　どうすればあんたや親父に追いつけるか考えろだって？　冗談じゃない。アラジンの魔法のランプが手に入っても、あんたらみたいになりたいなんて死んでも願わねえよ。黒瀬の名前なんて、いつだって捨ててやるよ！」

裕二の大声に、周囲の学生達の視線が集まった。

怒りと虚しさが、交互に裕二を襲った。

ムキになるのは、痛いところをつかれた証拠だ。

黒瀬家を捨てることはできる。

だが、そうするのは名誉と金を手にしたときだ。

無力ないまそれをやったら、捨てるのではなく逃げ出したことになる。

父から、そして兄から……。

──裕二、お前には、真一といういいお手本がいる。真一の行動をよく観察して、すべてを吸収しなさい。

──真一は、中学三年間を通して常に学年三位以内の成績だった。お前も真一の弟として、恥ずかしくない成績を残しなさい。

──お前の中学時代の成績は、学年で五位から十位を行ったりきたりだったな。悪くはない。だが、真一の弟としては物足りないものだ。高校では、兄に肩を並べられるようにより一層の努力をしなさい。

裕二の小学校、中学校、高校の入学式の前夜、慶一は決まって空気を入れてきた。

小学生、中学生の頃までの裕二は、純粋に兄を尊敬していた。勉強ができるのはもちろん、兄はスポーツも万能で、友人も多く、学校中のスターだった。

真一の弟ということで、裕二もなにかと注目された。

優秀な兄の弟として、誇らしい気持ちだった。

真一に少しでも近づきたいと、そればかりを考えていた。

ある事件をきっかけに成績が下がり始めるのと比例するように、兄への尊敬と憧憬は嫉妬と嫌悪に変わった。

——なんだよ、話って？

高二の夏休み——裕二は当時交際していた同じクラスの秋山愛美に、自宅のある目黒駅近くのカフェに呼び出された。

——裕ちゃん、私のこと好き？

唐突に訊ねてきた愛美の顔は、硬く強張っていた。

——いきなり、なに言ってんだよ。

照れ臭さに、裕二はぶっきら棒に吐き捨てた。

——ちゃんと答えて。

——好きだから、つき合ってるんだろ。

愛美の瞳の強さに押し切られる形で、裕二は答えた。

——どんなことがあっても、私のこと嫌いにならない？

——本当にどうしたんだよ？

裕二が訊ねると、愛美の唇がへの字に曲がり、みるみる涙が溢れ出した。

——おい、ちょっと……。

突然泣き出す愛美に、裕二は激しくうろたえた。

——……子供が……できちゃったみたい……。

——えっ……。

愛美のしゃくり上げながらの衝撃の告白に、裕二は絶句した。

愛美とは肉体関係を持っていたが、いつも避妊具(ゴム)をつけていたので妊娠の心配などしたことはなかった。

——だって……いつも、つけてただろ？　なにかの間違いじゃないのか？

我を取り戻し、裕二は祈るような気持ちで言った。

慶一は、裕二に恋人がいることさえ知らなかった。それがいきなり、孫ができたなど伝えたら……考えただけで、ぞっとした。

——産婦人科の先生に診てもらったから、間違いじゃないわ……裕ちゃん、嫌なの？

愛美が、裕二の顔を覗き込んできた。

——嫌なわけないいじゃん。ただ、突然だから、びっくりしてさ……。

十七歳の裕二には、子供ができたという事実をすぐに受け入れることができなかった。

——じゃあ、産んでもいい？

——え⁉

——やっぱり……嫌なんじゃん！

愛美が、大声を張り上げた。

——ち、違うって……怒るなよ。俺らさ、まだ高校生だろ？　子供なんて、どうやって育てるんだよ？

——お金は、大丈夫だよ。お金だってかかるし、俺の家は、絶対に協力してくれないしさ。

——そういう問題じゃないだろ。私、いままでのお年玉やお小遣いを結構貯めてるから。子供を育てるのに、いくらかかると思ってるんだよ⁉

——ふたりでバイトやれば、育てて行けるよ。

愛美はさっきまでの泣き顔とは打って変わり、力強い色の宿った瞳で裕二をみつめた。

——バイトって……そんなの、無理だよ。

——裕ちゃん……。

裕二は、愛美から弱々しく眼を逸らした。
慶一が、アルバイトなど許すはずがない。
裕二はそのまま、愛美の顔を見ることができず、下を向いたままでいた。
十分が経ち、二十分が経ち……愛美が意を決したように沈黙を破った。

——親のこと、気にしてるの？　裕ちゃん、お父さんになるんだよ⁉　親の言いなりになって、情けないと思わない？

思いがけない愛美の言葉……核心。
続いて裕二の口から出た言葉は、いま考えても、あまりにも最低であった。

——いつ俺が親の言いなりになってるって言った⁉　それに、誰が父親になるなんて言ったよ⁉　だいたいな、お前、自己中過ぎるんだよっ。ガキがガキを産んで、育てられるわけないだろうが！　お金は大丈夫？　バイトをやれば育てて行ける？　そんな甘いわけないだろう‼　もう少し現実的に考えろよ‼　もう、お前とは終わりだ！

一方的に捲し立てると、裕二は店を飛び出した。

親の言いなり……図星だった。

痛いところを衝かれ逆上した裕二は、心にもない罵声を浴びせ、愛美を深く傷つけた。

その日の夜、愛美が風呂場で手首を切ったという電話が黒瀬家に入った。幸い愛美は一命を取り留めたが、裕二がクラスの女子と付き合い、挙句の果てに妊娠させてしまったことが慶一の知るところとなった。

――馬鹿者っ！

生まれて初めて父に叩かれた頬より、心が痛んだ。

欲望の赴くまま恋人を妊娠させておきながら、責任から逃れるためにひどい言葉を吐き、結果、愛美を絶望の淵に叩き落としてしまった……最低の、男だった。

――お前はいったい、なにをやってるんだ！　高二の夏と言えば、大学推薦に向けてスパートをかける大事な時期だっ。色気づいてる場合か！　しかも、自殺未遂なんて……死ななかったからいいようなものの、万が一のことになっていたら、私の立場はどうなると思ってるんだ！


愛美を心身ともに傷つけたことを責められたのであれば、裕二も反省したことだろう。だが、慶一が口にするのは、息子の大学受験と己の保身のことばかりだった。

裕二の心の奥で、物心ついたときからずっと張り詰めていた糸が切れる音がした。親の期待に応えようと歩み続けた道に、初めて疑問を感じた瞬間だった。

いい大学に入り、いい会社に就職できたとしても、自らはなにも決められない親の操り人形の人生はごめんだ……そう思った。

自宅軟禁——携帯電話も奪われ、外への通信手段もない状態で部屋に閉じ込められていた裕二が三日ぶりに行った学校のホームルームで、愛美が親の都合により引っ越しすることになったと担任の教師から報告があった。

その日の夜、裕二は隠れるように彼女の家の前まで行ったが、家の中は静まり返り人の気配はなかった。

結局、あの日、喫茶店で会ったのを最後に、愛美に会うことはなかった。

慶一が裏から手を回したことは明白で、担任から呼び出されることもなかった。

裕二は学校では、愛美と付き合っていることを内緒にしていたので、彼女が学校を辞めた理由を裕二に聞いてくる者はいなかった。

そして……裕二も愛美に連絡をすることはなかった、いや、できなかった。

心のどこかでほっとしている、最低な自分がいた。

この事件を機に、裕二は、父の敷いたレールの先を走る兄を追いかけることをやめた。

自分の敷いたレールを走り、兄を抜き去ることを決めたのだった。


「そう自棄にならないで、これをみろ」

真一の声は裕二を暗鬱（あんうつ）な回想から現実に連れ戻した。

真一が差し出したのは「衆議院議員、橋部誠二郎」と書かれた名刺だった。

「なんだよ、これ？」

裕二は、名刺にちらりと視線をやりながら訊ねた。

「僕が秘書をしている先生だ。お前も知ってるだろう？」

真一は、与党である「民政党」の議員の公設第一秘書だった。

「だから、なんで俺に名刺を出すのかって訊いてんだよ」

「お前、ウチの事務所で働け」

「な……」

唐突な真一の言葉に、裕二は二の句が継げなかった。

「スタッフが辞めて、いま人手不足なんだ。僕のアシスタントってことで、明日から事務所に顔を出せ。頑張って政治を学べば、大学を卒業するときに僕のほうから先生に第二秘書として受け入れて貰えるように……」

「ふざけるな！」

裕二は、真一の声を怒声で遮り、席を立った。

「誰が、あんたに世話してくれなんて頼んだ⁉　勝手なことをすんなよ！」

「できの悪い弟をサポートしてやろうっていう気持ち、わからないのか？　本当は、自分の立場まで悪くなりそうなリスクを背負い込みたくはないさ。まあ、黒瀬家の看板を守るのは長男の役目だから仕方がないがな」

真一は涼しい顔で言うと、コーヒーカップを口もとに運んだ。

コーヒーを飲むときの眉根(まゆね)を寄せた表情、カップを持つときの小指を立てる仕草(しぐさ)……そのすべてに腹が立った。

「もう少し、待ってろ」

裕二は、押し殺した声で言った。

「ん？　返事をか？」

真一が、裕二を見上げた。

「必ず、あんた達を見下ろしてやるよ」

裕二は伝票を摑み、真一に背を向けた。

7

中野駅の南口――顔の腫れが引くまで緑を住まわせるために借りたウィークリーマンションに到着したときには、午後八時を回っていた。

大学が終わって直行すれば六時には着くことはできたが、ちょっとした野暮用を済ませてきたのだった。

裕二は、周囲に誰もいないことを確認し、八〇二号室のインターホンを押した。

このマンションにくるまでも、何度も立ち止まり背後を確認し、また、意味もなく近くのコンビニエンスストアに入ったりと、細心の注意を払った。

緑との「プロジェクト」のことは、誰にも話していない。

大学や父、慶一に知られたら、どんな妨害が入るかもしれない。

昨日は、このマンションにくる前に中野駅で、同じ「Aクラス」の伊佐美真央に偶然出会し、大きな買い物袋を提げてどこに行くのだと根掘り葉掘り訊かれた。

不幸中の幸いは、ウィークリーマンションに入るところをみられなかったことだ。

この「プロジェクト」は、誰にも邪魔はさせない――絶対に、成功してみせる。

『開いてるから』

緑の不機嫌な声が、スピーカーから流れてきた。

相変わらず緑は、いい精神状態ではなさそうだった。

裕二はドアを開け室内へと入った。

キャップを目深に被りサングラスをかけたスエット姿の緑は、昨夜と同じベッドの上に座りテレビを観ていた。だが、昨夜と違うのは、テレビから流れているのがバラエティではなく、裕二が女優の勉強のために借りてきた邦画のDVDということだった。

「どうだ？　具合は？」

裕二は、努めて明るい口調で言った。

「そんなに急に、よくなるわけないでしょ。痣は、昨日よりひどくなってるし……」

緑が、沈んだ声で言うと俯いた。

「ボクサーも、試合から日数が経ったほうが痣の色は派手になるんだ。治っている証拠だよ」

「ボクサーと一緒にしないでよっ！」

手もとにあったティッシュペーパーの箱を、緑が投げつけてきた。

「そういうつもりじゃなかったんだ。ごめんな」

裕二は、素直に謝りノートパソコンを手にベッドのふちに腰を下ろした。

いまは、緑の精神状態を落ち着かせ、それから、希望の光をみせてやらなければならない。

希望は換言すれば目的だ。人間は、二十四時間、三百六十五日、目的に向かって行動している生き物だ。


私は、十人と擦れ違えば九人が振り返るほどの美貌の持ち主になる。

こう信じて突き進めば、本当にそういう女になれる。

私は、パリコレの舞台に上がる。

こう信じて突き進めば、本当にそういう女になれる。

私は、全米ヒットチャートで一位のアーティストになる。

こう信じて突き進めば、本当にそういう女になれる。

これらは、全世界で大ベストセラーになった、『シンデレラになる50の法則』という、ポジティヴシンキング関連の書籍で読んだことだ。

つまりは、願い続ければそうなりたい自分になれる、というやつだ。

もちろんこれは「思考の持って行き方」の一例であり、実現するか否かは本人次第であることは言うまでもないが、いまの緑は「目指すべき具体的な姿」がみえなくなっている。彼女に必要なのは、「こうなりたいという理想の女性像」だ。

「みてくれないか？」

裕二は、ノートパソコンを立ち上げフォルダを開き、ディスプレイを緑に向けた。

「なに？」

緑が、怪訝そうに眉間に縦皺を寄せた。

「この女優、誰だかわかるか？」

裕二は、三クール連続でドラマの主役を張っている売れっ子女優の写真画像を指差した。

「田尻紗枝でしょ？　それくらい、誰でもわかるわよ」

緑が、憮然とした表情で言った。

「じゃあ、これは？」

今度は、田尻紗枝の整形前の写真画像を指差しながら訊ねた。

「これは……わからないな」

ディスプレイに顔を近づけた緑は、首を傾げた。

「いま、当てたばかりじゃないか」

「え⁉　もしかして、田尻紗枝⁉」

緑が、頓狂（とんきょう）な声で叫んだ。

「ピンポーン！」

「嘘っ、嘘でしょ⁉」

緑は裕二を押し退（の）けノートパソコンを持ち上げると、食い入るように画面をみつめた。

「嘘じゃないさ。右のこめかみと首に小さな黒子（ほくろ）があるだろう？」

裕二は、黒子を指差しながら言った。つまり、黒子がなければ整形前と整形後の写真画像が同一人物だとわからないほど、田尻紗枝は別人になっていた。

「あ、本当だ……だけど、信じられないっ。だって整形前ははっきり言ってブスじゃない⁉　あの田尻紗枝が……」

過度の興奮に、ノートパソコンを持つ緑の手は震えていた。

無理もない。田尻紗枝の変貌ぶりは、犬でたとえれば整形前がブルドッグで整形後がプードル……それくらいのインパクトがあった。

「眼、鼻はもちろん、頬骨とえらも削ってるな」

裕二は、整形前の田尻紗枝の写真画像を指差しつつ言った。

「こんなに変わるんだ……」

「まだある」

言いながら、裕二は次の写真画像を開いた。

「これは、グラドルの沢木奈央の整形前だ」

「えー！　嘘でしょ！　胸がぺったんこじゃない⁉」

沢木奈央は日本人離れした絶品ボディの持ち主で、華奢（きゃしゃ）な身体からは想像のつかないFカップのバストは世の男性を虜にしている。だが、写真画像の沢木奈央は、いまからは想像のつかないぽっちゃり体型で、しかも、彼女の代名詞である豊満なバストからほど遠い推定Aカップの貧弱な胸だった。

「豊胸手術だ。沢木奈央の場合、みての通り、胸はないが下腹や太腿にはたっぷりと脂肪がついていた。その脂肪を、胸に注入したらしい」

いままでの豊胸手術と言えばシリコンバッグが主流だったが、レントゲンでバレたり異物を挿入しているのでマッサージをしないと硬くなるという問題点があった。その点、脂肪注入は、自分の肉体の一部なので拒絶反応を起こすこともなく、完全に融合するのでレントゲンでバレることもない。

「へぇ〜、そんなことできるんだ……凄い！　凄い！　凄い！」

緑のテンションが、明らかに高くなった。

「顔もほら、全然違うだろ？」

田尻紗枝ほどではないが、沢木奈央も肉厚のダンゴ鼻が細く高くなり、腫れぼったい奥二重の眼が涼しげな切れ長二重になっていた。

「有名人も、整形する前はたいしたことないんだね」

緑から、微かな安堵の気持ちが伝わってきた。

「そうだよ。田尻紗枝も沢木奈央も、幼虫から蝶になるまでの蛹の期間は、お前と同じように苦しんだはずだ。耐えられたのは、彼女達には、芸能界で絶対にトップに立ってやる、って、強い信念があったからだ。菊池。お前、見返したくないのか？　アミカや香奈、それに、あのホスト達のことを」

「見返したいに決まってるじゃん。私が、どれだけ屈辱を受けたと思ってるの？」

そのときのことを思い出したのだろう、緑の前歯が唇に食い込んだ。

「わかってるさ。俺とお前は、運命共同体だ」

裕二は、情念の籠った瞳で緑をみつめた。

調子を合わせたわけではない。緑とは形が違うが、屈辱を受けた度合いなら裕二も負けてはいない。

「運命共同体？」

怪訝そうな表情で首を傾げる緑。

「ああ、そうだ。俺にも見返したい奴らがいる。だから、ふたりで勝利を目指そうぜ」

「黒瀬君にも、見返したい人なんているんだ？」

緑が、意外、という顔を向けてきた。

「そりゃ、いるさ。俺を、どんな人間だと思ってるんだよ？」

「考えてみたらさ、私達、お互いのことなにも知らないよね？　運命共同体なら、そういうこと、もっと知りたいわ」

「そういうことって、なにを知りたいんだよ？」

意外な展開に、裕二は微かな戸惑いを覚えながら訊ねた。

正直、互いを知り合いたい、という気持ちは裕二にはなかった。

裕二にとっての緑という存在は？

恋人……もちろん、違う。

友人……それも違う。

同志……かなり近いが、なにかが違う。

商品……そう、裕二にとっての緑は、商品以外のなにものでもなかった。

「ちょっと待ってて。いま、なにか飲み物用意するから」

緑は弾んだ声で言うと立ち上がり、台所に向かった。

「コーヒーでいい？　インスタントだけどさ」

裕二は頷いた。

珍しく、緑はウキウキしていた。この二、三日で精神的に相当なストレスを溜め込んだことだろう緑の気晴らしになるのなら、彼女の望みにつき合ってやってもよかった。

「砂糖とミルクは？」

「ブラックでいい」

「はい、どうぞ」

緑が、紙コップ入りのインスタントコーヒーを裕二に手渡し、自らは床に座った。

「ありがとう」

「なんだか、変な感じだね。こうやって、黒瀬君とひとつ屋根の下にいるのって」

「そうだな。大学でも、ふたりで話すってことないもんな」

「いきなりだけど、黒瀬君ってさ、どういう子供だったの？」

緑が、身を乗り出した。

「本当に、いきなりだな。どこにでもいるような、普通の子供だよ」

裕二は、当たり障りのない答えかたをした。

「スポーツとか、なにかやってた？」

「スポーツは好きじゃなかった。ずっと、帰宅部だったよ」

帰宅部というのは嘘ではない。が、スポーツが好きではないというのが理由ではなかった。塾と習い事で週のスケジュールが埋まり、部活をする暇がなかったのだ。

「へぇ～、黒瀬君って、スポーツ万能にみえるけどな。ねえ、好きな食べ物は？」

「なんだそれ、そんなの必要か？」

「いいから答えて」

厳しめの口調とは裏腹に、サングラス越しにうっすら見える緑の目は好奇心でいっぱいだった。

ここは素直に答えるべきだ――裕二の勘がそう言っていた。

「……ハンバーグとかカレーかな」

裕二が言うと、緑がクスリと笑った。

「なにがおかしいんだよ？」

「だって、ハンバーグとカレーなんて、子供みたい」

ツボに嵌(はま)ったのか、緑が身体をくの字にして大笑いした。

子供扱いされても、不思議と腹は立たなかった。逆に、愉しそうな緑の顔をみていると、裕二の心まで明るくなった。

「じゃあさ、好きな映画は？」

「好きな食べ物だとか映画だとか、お見合いみたいだな」

「そうね。お互いのことを知るんだから、お見合いみたいなものね。早く、好きな映画教えて」

「う～ん……そうだな、『レオン』かな。当時、十三歳のナタリー・ポートマンが演じるマチルダは、俺の中では歴史上ナンバーワンだよ」

裕二は、記憶を手繰（たぐ）りつつ言った。

「そんなに凄いの？」

緑が、瞳を輝かせながら訊ねてきた。

「ああ、あれだけの演技をする子役、いや、大人の女優でもいないな。暗い表情、哀しげな表情、キュートで、コケティッシュで、セクシーで……天才だよ、彼女は」

「そこまで凄いなら、私も観てみたいな。黒瀬君をそこまで虜にするその女優が、羨ましいな。私も……」

不意に、緑が唇を嚙み締め、言葉の続きを呑み込んだ。

「なりたいな……」

震え、消え入りそうな声で緑が言った。

「なにに？」

裕二は、わかっていながら敢えて訊ねた。

「黒瀬君が、ナンバーワンだって言ってくれる……女優に……」

緑は絞り出すように言うと、サングラスとキャップを取り裕二の瞳をみつめた。

女優——緑はいま、たしかにそういった。

黒紫に腫れ上がった瞼に食い込む糸、縫い目に張り付く痛々しい瘡蓋（かさぶた）……緑の赤く充血した瞳の奥には、燃えるような決意の色が宿っていた。

「なれるさ……俺がお前を日本一の女優にしてやる」

学校のやつらを見返すのは序の口だ。お前は、必ず日本一の女優になるんだ。

裕二は緑をみつめ返し、力強く頷いた。

8

ウィークリーマンションの前でタクシーを待たせた裕二は、エントランスに向かった。

約束の八時までにはまだ十分あったが、緑は既にキャリーケースを手に待っていた。まだ、腫れが気になるのか緑は顔半分が隠れるほど大きなサングラスをかけている。

「取ってみろよ」

裕二が言うと、緑が躊躇(とまど)いもなくサングラスを取った。

まだ、若干、腫れは残っているが、瞼には綺麗な二重のラインが刻み込まれていた。相変わらず鼻は肉厚で、頬も下膨れ気味だが、それでも、眼が二重になっただけで緑の顔の印象はかなり華やかなものになった。

メイクをきちんとすれば、擦れ違った男性の十人にひとりは振り返っても不思議ではない。

だが、まだ満足はしていない。十人にひとりではだめだ。最低でも、擦れ違ったうちの半数は振り返らせるほどのビジュアルにしなければならない。さらに鼻の整形と全身をダイエットでシェイプする必要があった。

「いい感じだな」

「自分でも、信じられない気分よ。最初の二、三日は絶望のどん底だったけど、一昨日くらいから腫れや痣が引いてきて、鏡を見るのが愉しくなってさ」

緑が、弾んだ声で言い笑った。

眼が二重になっただけで、笑顔も以前の何倍にも輝いてみえた。

「俺の言うとおりだったろう？」

裕二は、少し誇らしげな気分で言った。

「そうね。黒瀬君のこと、少し見直しちゃった」

「少しかい⁉」

珍しく裕二がツッコミ口調で言うと、緑が朗らかに笑った。

一重から二重になっただけで、緑は精神的にも別人になった。

「でもさ、本当に、私、別世界に行けるような気がする。ミスコンにも、挑戦してみたくなってきちゃった」

緑が、瞳を輝かせた。一週間前……手術直後の「地獄」が、もう何年も前の出来事のように、緑の全身には活気が張り表情は希望に満ち溢れていた。

「ああ、いまのお前なら、イケるかもな。ただし、このままじゃだめだ。ミスコンまでに、最低でも十キロは落とさないと。あと、鼻もイジったほうがいい」

裕二は、緑の頭の天辺から爪先まで視線を這わせながら課題点を言った。

「お金、足りるの？」

一転して、緑の顔が曇った。

「この前借りた二十万は、十三万くらいしか残っていない。鼻の整形だけでも、確実に足が出ると思う」

「じゃあ、また、学生ローンで借りるの？」

緑が、不安そうに訊ねてきた。

「いや、もう二件借りているし、学生ローンの融資じゃ追いつかないだろう」

「親に借りるのは無理よ。これから家に戻れば、眼のことで凄く怒られると思うし……」

半泣き顔で、緑が言った。

緑の両親は、この一週間、娘がテニスサークルの合宿に行ってると思っている。

緑には、疑われないように定期的に実家に連絡を入れさせていたが、帰ってきた娘の眼がいきなり二重になっていたら、さぞかしびっくりすることだろう。そして、親に嘘を吐いて整形手術を受けた事実を知った瞬間に、驚愕は激憤に取って代わるに違いない。

「親に借りてもらおうとも思っていない」

裕二は、きっぱりと言った。

「じゃあ、お金はどうするの？」

「俺に、考えがある。とりあえず、親への説明が優先だ。考えを話すのは、それからだ。待たせてあるから、タクシーに乗ろう」

裕二は一方的に言うと緑のキャリーを手に取り、エントランスを出た。

☆　☆

二杯目のアイスコーヒーの氷が溶け、グラスの中には薄い褐色の水が溜まっていた。

成城学園前駅の近くのカフェに入って、既に二時間が経つ。

いま頃、どんな修羅場になっているのか想像しただけで、気が落ち着かなかった。

もし、緑がやめると言い出したら？

眼の整形手術がうまく行き、緑には自信が芽生えた。だが、両親に激しく怒られ、自分との関係を問い質されたら……「黒幕」の存在を知ったなら、当然、関係を絶てと言ってくるだろう。

緑が、親を取るか自分を取るか？

信頼関係を築いたとはいえ、一週間かそこらの付き合いの自分と生まれて十八年の付き合いの両親とでは、端から勝負にならない。

たとえ許して貰えたとしても、二度目……鼻の手術のときは合宿などという同じ嘘は通用しない。もう、小手先のやりかたでは無理だろう。

裕二のシナリオを進めるには、緑にひとり暮らしをさせなければならない。

当然、親の援助はないので、働かせなければならないし、今後かかってくる費用によっては大学を休学して、働きながらデビューを目指すということになるかもしれない。

だが、これらのことは、緑の同意が必要だ。

もっと、コミュニケーションを取っておくべきだった。

やるべきことの指示だけでなく、もっと緑の話を聞いてあげるべきだった。

考えてみれば、緑の反発心を煽る目的とは言え、緑にたいしてダメ出しの連発しかしてこなかった。

湧き上がるのは、自己反省ばかりだ。

ホストやクラスメイトに侮辱され、泣き崩れていた緑を眼にした瞬間に、自分の進む道がはっきりとみえた。

頭にあったのは、いかに早く緑に決意させ、「変身プログラム」を実行させるか、それだけだった。二重手術の腫れが引くまでの間、テニスサークルの合宿だと吐かせた嘘も、一週間という期間を稼ぐためのものであって、それが嘘であったとバレたときの対応策にまで気を回していなかった。

裕二の右足が取る貧乏揺すりで、テーブルの上のグラスが揺れた。

「すみません、アイスコーヒー……」

ウエイターにお代わりを告げようとしたときに、ドアベルが鳴り緑が姿を現した。

「大丈夫だった……」

　裕二は、緑の背後にいるベージュのポロシャツ姿の中年男性を認め、声を呑み込んだ。

「貴様か、娘にとんでもないことを唆したのは！」

　店内に入ってくるなり、中年男性は裕二に歩み寄りながら血相を変えて怒鳴りつけてきた。

「あの、どちら様ですか？」

　緑の父親だと想像はついていたが、動転する気持ちを落ち着かせる時間を稼ぐために裕二は訊ねた。

「緑の父親だっ。お前は……なんてことをしてくれたんだ！」

　父親は、立ったまま裕二を見下ろし怒りに震える声で、口角沫を飛ばした。

　隣りでは、泣き腫らした顔の緑が俯いている。

「お客様、ほかのお客様のご迷惑になりますので、お静かにお願いします」

　ウエイターに注意された父親が、渋々と席に着いた。

「はじめまして、僕は、緑さんと同じ学部の黒瀬と言います」

「貴様の名前なんかどうでもいいっ。それより、娘の顔をこんなふうにして、どう責任を取るつもりだ⁉」

注意されたので声量こそ落としているものの、もともとは色白なのだろう父親の顔は赤鬼のように朱に染まっていた。

「怒らないで聞いてください。たしかに、テニスサークルの合宿と嘘を吐き、緑さんに整形手術を無断で受けさせたことについては謝ります。ですが、整形手術を受けたこと自体は悪いことではないと思います」

裕二は、意を決して切り出した。

火に油を注ぐことになるのは、覚悟の上だった。だが、今後のことを考えると、ここで退(ひ)くわけにはいかなかった。「緑改造プログラム」を承諾せずとも、せめて、黙認するところまで持って行きたかった。

「悪いことではないだと⁉　それはどういう意味だ⁉」

「緑さん、とてもきれいになったと思いませんか？」

裕二は、父親の顔を窺いながら言った。

「き、貴様……ふざけてるのか⁉　以前の娘は、不細工(ぶさいく)だったとでも言いたいのか！」

父親の大声に、ウエイターが反応しかけたが、あまりの怒りように恐れをなしたのか、もう注意はしてこなかった。

「そんなふうには思っていません。ただ、正直、顔立ちは地味でした。だから、眼を二重にするだけでも、かなり印象が変わるんではないかと思いまして」

　裕二の心臓も大きな音を立てていたが、怖気づいているのを見透かされないように、平静を装った。

「貴様は、なにを言ってるんだっ！　顔が地味だろうがなんだろうが、緑はウチの大事な娘だ。親にとっては、どんな娘だろうが生まれたままが一番なんだよっ。こんな、派手で下品な顔になって……」

　父親が、震える唇を嚙み締めた。

「言葉が過ぎたかもしれません。それは、謝ります。ですが、緑さんの気持ちになったことはありますか？　彼女は、生まれながらの容姿や雰囲気でクラスメイトに侮辱され、路上で泣き崩れていたんです。お父さんからみたら派手で下品な顔だとしても、緑さんにとっては希望と自信を勝ち取った顔なんです。整形したことで、緑さんはミスコンに挑戦しようとまで思えるようになった。そしてその先には、女優として芸能界でトップを目指すという、さらに大きな夢がある。僕がプロデュースすれば、緑さんは……」

　頰に、父親の平手が飛んできた。

「お父さん！」

「お前は黙ってなさいっ」

　緑を一喝した父親が、鬼の形相で裕二を睨みつけてきた。

ウエイターとほかの客の驚愕の視線が、一斉に裕二達の席に集まった。

「僕がプロデュースだと⁉　女優として芸能界だと⁉　親に承諾もなく、なにを勝手なことを言ってるんだ貴様は！　いつ、娘をプロデュースしてくれと頼んだ⁉　いつ、娘を芸能界に入れてくれと頼んだ⁉　こんなことをして、ただで済むと思ってるのか！」

「お、お客様……大変申し訳ありませんが、喧嘩なら……外でお願い致します」

さすがに、これ以上はまずいと判断したのだろう、ウエイターが、勇気を振り絞り言った。

「言われなくても帰るっ。緑、きなさい！」

父親が席を蹴り、緑の手を引いた。

しかし、緑は立ち上がろうとしなかった。

「なにをやってるんだ⁉　早くきなさい！」

強引に立ち上がらせようとする父親の手を、緑は振り払った。

「私……行かないわ」

緑が、強い光の宿る瞳で父親を睨みつけながら押し殺した声で言った。

「馬鹿なことを言うんじゃないっ。早くきなさいと……」

「お父さんには、私の気持ちなんてわからないわよ！」

緑の剣幕に、父親がびっくりした顔になった。

「私よりかわいいってだけで、人を虫けらみたいに笑って、見下してくる人達がいる……そんな中、私が……どんな思いで生きてきたか……お父さんには、わからないでしょ⁉　神様は、どうして私をかわいくしてくれなかったんだろうって……どうして、私に意地悪するんだろうって……つらかった……悔しかった……苦しかった……。私なんか、死んだほうがましかもって……そんな思いになっているときに、黒瀬君が救いの手を差し延べてくれた……」

掌で顔を覆い号泣しはじめた緑――父親は、明らかに動揺していた。幼い頃からなんでも買い与え、なに不自由のない生活をさせてきたという親としての自信が、緑の心の叫びを聞き逃していたのだろう。

状況は違うが、慶一と自分の関係に似ている、と裕二は思った。

「黒瀬君なら、私を生まれ変わらせてくれる……いままで馬鹿にしてきたみんなを見返すことができる……だから、私……」

緑の肩が小刻みに震え、嗚咽が唇から零れ出てきた。その震えは……嗚咽は、緑が受けてきた屈辱の歴史の証――裕二の胸に、熱く激しく込み上げるものがあった。

「緑、聞きなさい。お前がそんな目にあって苦しんでいると気づかなかったことは謝る。悪かった。だがな、顔を変えて手に入れた自信なんて、そんなのメッキと同じ偽物の光だ。眼なんて大きくなくても、父さんはお前のことが……」

「メッキでもいい……」

緑が、うわずった声で父親の言葉を遮った。

「偽物の光でもいい……私は、誰よりも光り輝きたいの……誰よりも……」

うわ言のように繰り返す緑の俯いた顎先から、涙が滴り落ちた。

「とにかく、家に帰ろう」

「私のやることを認めてくれないなら、帰らないわ」

ふたたび父親の手を振り払った緑が、きっぱりと言った。

裕二は、よしっ、と出そうになった声を呑み込んだ。

「馬鹿なことを言うんじゃないっ。お前は、このろくでもない男に騙されてるだけだ。さあ、きなさいっ」

緑の腕に伸びた父親の手を、裕二は押さえた。

「親に内緒で娘さんにこんなことをさせた僕が、ろくでもない男と言われるのは仕方がありません。でも、僕は、緑さんを騙してなんかいません」

「娘をキズモノにしておいて、よくシャアシャアとそんなことが言えたもんだなっ。貴様のことは、家に帰ってから考える。場合によっては裁判も辞さないから、覚悟しておくんだな」

父親は言い放ち、裕二を振り切ると緑の二の腕を摑み引き摺るようにドアへ向かった。

「認めてくれないと帰らないって、言ってるじゃない！」

緑は、散歩中にいやいやをする犬のように踏ん張り、父親の手から腕を抜いた。

「帰れよ」

裕二は、緑に抑揚のない声で言った。

「えっ……」

緑が、信じられない、という顔を裕二に向けた。

「勘違いするな。家を出るにしても、家族に自分の気持ちをきちんと話してからにしろ。勢いや流れで家を飛び出すような中途半端が通用するほど、芸能界は甘くない」

裕二は厳しい口調で言うと、父親に頭を下げ、レジで金を払うと店を出た。

本当は、あのまま緑を連れ出したかった。

だが、それをしなかったのには、裕二のしたたかな計算があった。

緑の態度次第では、父親はハッタリではなく本当に自分を訴えるに違いない。訴えなくても、絶縁状態になってしまえば、なにかと不都合なことがある。

わずか一週間とはいえ、思った以上に緑は裕二を信頼してくれていた。

ここまでくれば、いまは整形や芸能界に反対している父親も、緑がしっかりと向き合い、熱い思いを伝えれば、いずれは許してくれるはずだ。そうなれば、もともと親馬鹿な父親からの資金面の援助も期待できる。

もし、親を説得できずに「夢」を諦めるのなら、しょせん、それまでの女だ。

だが、さっきの緑の強い決意に満ちた瞳を目の当たりにした裕二に、もう不安はなかった。

緑は、自分が考えている以上に、急速に強く、逞しくなっている。ふたたび、ウィークリーマンションを契約する必要がありそうだ。働き口も、探さねばならない。

先程まで暗礁に乗り上げていた、「緑改造プログラム」がふたたび頭の中で動き始めた。

9

汗でびしょ濡れになった服に風があたり、肌寒い。

緑の父親との交渉中、ずっと握りしめていた掌には、爪の痕がくっきりと残っていた。

背中越しに、店の扉が開く音がした。

緑か――そう思ったが振り向かず、裕二は成城学園前駅へ向かって歩き始めた。

「ちょっと、君」

裕二の背後から、声をかけてくる者――若い男の声がした。

振り返った裕二の視線の先に立っていたのは、カジュアルなスーツに身を包み、薄い黄色のサングラスをかけた三十代半ばの男性だった。

たしか、カフェにいた客だ。

「さっきの女の子さ、君と同じ大学？」

「は、はぁ……なにか？」

いきなり緑のことを訊ねられた裕二は、怪訝な顔で訊ね返した。

「俺、こういう者なんだ」

男性が、名刺を差し出してきた。

株式会社　ヘラクレスプロダクション
チーフ・マネージャー　神崎均（かんざきひとし）

「芸能プロダクションの人ですか？」

裕二は、名刺から視線を男性……神崎に移して訊ねた。

妙に、納得がいった。

神崎は、普通のサラリーマンにはみえなかった。

かといって、ヤクザにもみえなかった。

芸能プロで生きていると聞いて、神崎の「グレー」な雰囲気も納得できる。

「松石カナとか、ウチの所属だよ」

頷きながら、神崎が得意げに言った。

松石カナは、連続ドラマの主役クラスの女優であり、若手の中では三本指に入る売れっ子だ。

神崎が得意顔になるのも無理はない。

だが、裕二には売れっ子女優にたいしての興味より、なぜ、緑のことを訊ねてくるのかの不安のほうが大きかった。

「芸能プロのマネージャーさんが、なんの用事ですか？」

「こんなところで立ち話もなんだから、移動しようか？」

神崎は、裕二の返事を待たずに歩き出した。

「どこに行くんですか？」

「すぐに着くから」

神崎は言いながら、近くのコインパーキングに入った。

「乗って話そう」

駐めてあった黒のフェラーリのドライバーズシートに滑り込んだ神崎が、サイドシートのドアを開いて裕二を促した。

「いや、俺はここでいいです。用件を、言ってください」

いま会ったばかりの男性の車に乗るほど、無防備ではなかった。

「まったく、取って食いはしないっての」

苦笑いを浮かべ首を小さく振りながら、神崎がサイドシートに移動した。

さっきから下にみられているようで、裕二は不快な気分だった。

神崎が横柄な態度を取るのは、年上だからというのもあるだろう。だが、年齢差だけではないなにかを感じた。男としての自信——資金力、知識、地位、名声のすべてにおいて、裕二より自分が遥かに上回っているという自信が、神崎の言動から窺えた。

現実、それは事実だ。

しかし、自分には若さがあり、伸びしろがある。このふたつは、神崎がどんなに金と権力に物を言わせても手に入れることはできないはずだ——裕二は顎を上げ視線を神崎に向けると、次の言葉を待った。

「単刀直入に言おう。あの女のコを、俺に譲ってくれないか？」

「え、緑を譲る⁉」

思わず、裕二は訊ね返した。

「ああ。ウチのプロダクションに、あのコがほしいんだ」

突然のことに、裕二は思考がついてゆけず、すぐには言葉を返せなかった。

つまり、さっきのカフェに偶然客として居合わせた神崎は、あの騒ぎをすべて耳にしていた、ということなのだろう。

「どうして、緑を⁉　ほかにかわいいコは、いくらでもいるじゃないですか？」

裕二は、狼狽(ろうばい)を隠して平静を装った。

「なら、君はなぜ高い金をかけて整形手術を受けさせたんだ？　プロデュースするなら、ほかに、もっと完成度の高いコはいるだろう？」

やはり、神崎はカフェでの話をすべて聞いていた。

もっとも、あれだけの大声で話していたのだから、耳が悪くないかぎり聞こえないほうがおかしい。

「君は、なかなかの眼力を持っているな。決して美人ではないあのコの秘めた素材の高さを瞬時に見抜いた。スカウトを十年やってても、わからない奴にはわからない。眼力は、持って生まれた才能だ」

「いや、そういうわけじゃ……」

裕二は、曖昧(あいまい)に言葉を濁した。

大手芸能事務所のチーフ・マネージャーにプロデュース力があると認められたことは素直に嬉しいし、自信にもなる。

だが、複雑だった。

神崎は、緑を横取りしようとしている人間なのだ。

「でも、君は若過ぎるし経験もなさ過ぎる。あのコを一流の『商品』にするには、鼻、顎、歯並び、胸、ウエスト、太腿……まだまだ、イジらなければならないところが山ほどある。一流の形成外科医にやってもらうなら、一千万はかかるだろう。しかもそれで終わりじゃない。ここからが本番だ。どんなに魅力的な容姿になっても、女優を目指すかぎり演技レッスンを受けさせなければならない。通った声を出すにはボイストレーニングの必要もあるだろうし、殺陣(たて)やダンスもできたほうがいい。ほかにも、テレビ局のプロデューサーや映画監督へのプロモーションに、CM狙いの広告代理店へのプロモーション……仕事がどんどん取れるようになるまでに、五千万からの先行投資は必要だ。君に、それだけの資金と人脈はないだろう?」

神崎の上からの物言いに、裕二は腹立ちよりも自分の甘さ加減に打ちのめされた。

眼と鼻をイジってダイエットさせれば、緑が女優として成功する道が開けると信じて疑わない自分がいた。

……違った。

整形するにも、中途半端ではなく徹底的に行わなければならなかった。

一番の勘違いは、整形して美しくなることが最重要だと思っていたことだ。

呆れるほど、浅はかだった。眼差しひとつで、言葉ひとつで、仕草ひとつで、観る者の心を魅了しなければならない女優を育てるのに、映画のＤＶＤを用意するくらいで勉強させた気になっていた自分はお笑い種もいいところだ。

ボクサーを目指している者がプロのリングに上がるために血の滲むようなトレーニングをするように、弁護士を目指している者が法廷に立つために連日徹夜で勉強するように、パイロットを目指している者が飛行機を操縦するために厳しい訓練を受けるように、どんな世界でも、一流になるには気の遠くなるような努力と資金が必要だ。

数千……いや、数万人の全身全霊をかけた者達の中から「選ばれし者」として脚光を浴びる存在になるには、それ相応の厳しいレッスンを積み重ねなければならないのだろう。

ただし、あくまでもそれはオファーを受けた現場で対応できる演技力をつけるためのものであり、オファーを受けるには菊池緑という存在をまずは知って貰わなければならない。

人々のため息を誘うほどの美しい花であっても、人目に触れなければ意味がない。

プロデューサーや監督にたいしてプロモーション活動を行うという発想は、裕二の頭から完全に抜けていた……というより、端からなかった。

　芸能界で修羅場を潜り抜けてきた神崎と、ネット情報を知識としていた自分では、あたりまえだが次元が違い過ぎるということを痛感した。

「用意できるわけないよな？　まあ、そりゃそうだ。学生のお遊びで成功するほど、芸能界は甘くない。安心しろ。あの緑ってコは、俺がマネジメントすれば三年で注目されるレベルの女優にはなる。そこから先は、彼女の頑張り次第だ」

　ここまで言われても怒りを感じないほどに、裕二の心は打ちひしがれていた。

　神崎が上着のポケットから取り出したパーラメントを唇の端に押し込み、気だるい仕草で火をつけた。そんな仕草ひとつでさえ、裕二には神崎が大きくみえた。

「……あなたの、菊池緑の評価を教えてください」

　質問の半分は考えをまとめるための時間稼ぎ、残り半分は本当に神崎が緑をどうみているかに興味があった。

「もともとの顔は十人並み。逆を言えばそんなに悪くないのに馬鹿にされるのは、光るものがあるからだ。つまり、イジめる女子達も、一から十まで緑ってコに圧倒的に勝っていたら相手にしないはずだ。だが、女子達は本能的に感じているのさ。自分達が九まで勝ってても、ひとつだけどうしても敵わないなにかを彼女は持ってるってね。そのひとつは、九つのリードを一気に引っくり返すだけのパワーを秘めている」

「そのひとつって、なんですか?」

裕二も、緑がなにかを「持っている」ということはわかっていた。

ただ、それを明確に言い表すことができずにいた。

「まだお前にはわからないだろうな。俺がそれを感じられ、言葉にできるようになったのもこの仕事をはじめて五年ほど経ってからだ——それは、瞳の奥の光だ。眼が大きいとか小さいの問題じゃない。情念……女の情念とでも言うべきかな。どんなことをしてでも、目的を達成するという思い……たとえそれが人を傷つける行為だとしても、『夢』を叶えるためなら厭わない。あのカフェでの緑ってコの鬼気迫る表情をみて、鳥肌が立ったよ。俺だって、海千山千の曲者達が集う芸能界で生きてきた男だ。ちょっとやそっとのことじゃ、気圧されない。そんな俺が、ぶっちゃけ、ビビったからな。いままで、駆け出しのギラギラした新人からスタッフが直立不動で出迎える女優まで、あらゆる人間をみてきた。女優にかぎらず、ヤクザ紛いのプロダクション関係者と渡り合ってもきた。だが、ただの一度もビビったことはない。菊池緑って女は、とてつもない可能性を秘めた怪物かもな」

裕二は、神崎の説明に聞き入っていた。


——おい、なにしてる……やめるんだ!

美容形成外科医院の診療室の壁を殴りつけている緑を、裕二は背後から抱き締めた。

――怖くて……いまも震えてる……止まらないの……だからこうやって……。

――だからって、こんなことしたら、骨が折れるぞ。

――まだまだ、私は変わらなきゃならない……震えてる自分が悔しい……弱い自分が悔しい……負けたくない……絶対にみんなを……見返してやる……。

二重手術を終えた緑は、恐怖に打ち克つために素手で壁を殴りつけていた。

あのときの緑の表情は、神崎の言うように鬼気迫るものだった。

女の情念がどういうものかわからないが、壁を殴り続ける緑からは、まるで「昔の自分」を殺そうとしているような殺気のオーラが放たれていた。

――やるわ……顔を変えればいいんでしょう！　捨ててやるわよっ。菊池緑を！

整形手術をするよう告げたときに、最初は戸惑っていた緑だが、やがて、ハラを決めて宣言した。

――その代わり、約束守ってよね！　私を、誰もが羨む最高の女にしてよ。じゃなきゃ、黒瀬君のこと、殺すわよ。


あのときの緑の眼は、恐らく、一生忘れられないだろう。

恐怖より、とにかく圧倒されている自分がいた。

裕二は、緑の決意を思い出し、自分と照らし合わせてみた。

馬鹿にしてきた者達を見返してやる――その気持ちは、緑と同じだ。

だが、思いの強さや深さはどうだろうか？

果たして、自分は緑ほど腹を括っているのか？

顔を変え……十八年間生きてきた己と決別し、いま、家族をも捨てようとしている緑に比べ、自分はなにを犠牲にしたのか？

後戻りできない状況に自らを追い込んだ緑にたいし、自分は……。

「緑を評価してくださって、ありがとうございます。でも、彼女を手放す気はありません」

裕二は押し殺した声で、神崎を睨みつけるようにして言った。

「勝負」に出た。緑のように……。

「まあ、整形費用もかかってることだろうしな」

言いながら、神崎が「ゼロハリ」のアタッシェケースを膝上に載せ開くと、中から取り出した札束を裕二に差し出した。

「百万ある。これで、お釣りがくるだろう?」

予期していなかった神崎の行動と目の前の大金に、裕二はすぐに言葉を返せなかった。

「ほら、取っておけよ。思わぬ小遣いだろう?」

あくまでも見下したような神崎の態度に、裕二の胃袋がチリチリと焼けた。

「僕の気は、変わりません」

今度は、間を置かずにきっぱりと言った。

「仕方ないな」

もうひと束、神崎が取り出した。

「二百万だ。こんな大金、触ったことないだろう?」

「気は変わりませんから」

にべもなく、裕二は言った。

「おい、坊や。若いうちから、欲は掻き過ぎないほうがいい。このへんで、手を……」

「たとえ一千万積まれても、答えは同じですから。緑は、僕がプロデュースします」

神崎の言葉を遮り、裕二は宣言した。

「坊やがプロデュースだと⁉　笑わせるなよ。明日の自分すらよくわかっていないお前みたいなガキに、なにができるっていうんだよ⁉」

神崎の言葉遣いが荒々しいものに変わり、表情が険しくなった。

これが、彼の本性なのだろう。

「菊池緑のマネジメントとプロデュースですよ」

「お前な、芸能界をナメてんのか⁉　素人が見よう見まねで成功するほど、甘い世界じゃないんだよ！　なあ、悪いことは言わないから、いまのうちに手を打っておけって」

怒鳴ったあとに、一転して、諭し口調で神崎が説得してきた。

「あんただって、最初からなんでもできたわけじゃないだろう？」

裕二は、敬語を使うことをやめ、戦闘モードに入った。

「なんだと⁉」

神崎の眉尻が吊り上がった。

「マイク・タイソンだって、生まれたときから強かったわけじゃない。カール・ルイスだって、生まれたときから速かったわけじゃない。俺はこれから、緑と共に芸能界で歴史を作るんだよ」

連続ドラマの主役常連、映画の舞台挨拶、群がるマスコミ、視界を焼くフラッシュ……いま、裕二の脳裏には鮮明に将来の緑の姿が浮かんでいた。

「いまなら、まだ間に合うぞ。おとなしく、二百万で手を打てよ」

神崎が、ふたつの札束を突き出しながら言った。

「桁(けた)がふたつ違う額を稼ぐ女優にしてみせるさ」

裕二は、唇の端を吊り上げた。

「馬鹿なガキだ。お前がその気なら、俺も好きにさせてもらう。菊池緑を、ガンガン口説(くど)かせてもらうよ」

「ちょ……ちょっと待てよっ。勝手なまねをするんじゃない！」

裕二は、反射的に神崎の肩を摑んだ。

「別に、問題ないだろう？　お前と専属契約を結んでるわけでもないしな。つまり、菊池緑はフリーってことだ。話は終わりだ」

神崎は、裕二の手を振り払いサイドシートのドアを閉めた。

地鳴りのような排気音を轟(とどろ)かせながら遠ざかるフェラーリのテイルランプを呆然(ぼうぜん)と見送っていた裕二のポケットで、携帯電話が震えた。

動揺していた裕二は、ディスプレイを確認せずに携帯電話を耳に押し当てた。

『いま、どこにいるんだ！』

　通話ボタンを押すなり、送話口から慶一の怒鳴り声が流れてきた。

「なんだよ、いきなり」

『お前の同級生の父親から電話があった。お前、菊池緑って女に、親に無断で整形手術を受けさせたそうだな！　しかも彼女を芸能界に入れるだなんだ言ってるって……いったい、どういうことなんだ!!』

「もう、連絡が行ったのか。ずいぶん、早いな」

『どういうことだと、聞いてるんだ！』

「聞いたままさ。俺は、菊池緑をプロデュースして、将来、芸能界でプロデューサーとしてやって行くつもりだ」

　臆せず、裕二は言い切った。

　緑も、家族を捨てる気で戦っている。

　自分も、もう退くわけにはいかない。

『なにを馬鹿なことを言ってるんだ！　お前のやったことは、へたをすると裁判沙汰だぞ！　そんなことになったら、私の大学や社会的立場はどうなるんだ!?』

「やっぱり、あんたは、自分の体裁ばかりだな」

『お前、誰に向かって口を利いてるんだ！』

携帯電話のボディに罅が入るのではないかというほどの大きな声が、裕二の鼓膜を突き刺した。

「世間からの見えかたばかり気にして生きている人にだよ」

裕二は少しの気後れもなく、ずっと前から思っていることを口にした。

『親の脛齧っている分際で、偉そうな……』

「出て行くよ」

無意識に、言葉が零れ出た。

『家を出て行くということか?』

「ああ。バイトして、ひとり暮らしをする」

裕二は、ひとり歩きする自分の発言に驚いていた。

だが、戸惑いはなかった。

考えようによっては、いい機会だ。

恐らく緑は、家を飛び出すことになる。それなのに、自分だけぬくぬくと親に金を出して貰って生活するのは、なにかが違う……なにより、緑にたいして説得力がない。

『大学を、やめる気か?』

試すように、慶一が訊ねてきた。

家を出て行くなら、学費は援助しないということなのだろう。

「まさか。行くよ。学費も、バイトで稼ぐさ」

大学をやめるつもりはなかった。

しかし、それは、学歴がほしいという理由ではない。十一月のミスコンで、緑を優勝させる——まずは第一の目標を、達成するためだ。

『ふん。アルバイトの給料で、生活費と学費を稼げるものか』

たしかに、「早徳大学」の学費は年間百二十万円と、他の大学に比べて高い。

ほかにも、アパートの家賃、生活費などを考えると、慶一の言うようにアルバイトの稼ぎで払ってゆくのは厳しい。

ただし、一般的な職種のアルバイトなら……だ。

「そうやって、自分の物差しで測るのはいい加減にやめたほうがいいよ。世の中には、父さんの知らない世界だってあるんだから」

『お前は、救いようのない愚か者だ。後悔することになっても知らんぞ』

恫喝(どうかつ)の響きを含んだ慶一の声を、裕二は心で跳ね返した。

「失敗したくないからって足を踏み出さないほうが、きっと後悔することになると思う。じゃあ、これで」

一方的に言い残し、裕二は通話ボタンを切った。

すぐに慶一から着信が入ったが、無視してもときた道を戻った。

裕二は、緑の家に向けて足を踏み出しながら、今後のことについて思惟を巡らせた。緑を、キャバクラで働かせるつもりだった。

金を貯めなければならないということが一番の理由だが、接客術を勉強させる目的があった。

神崎が言うように、芸能界には曲者や兵がゴロゴロいる。店でいろんなタイプの客を相手にすることで、人をみる眼が養われ、あらゆる誘いを上手くかわす術も身につけられる。

いまのままでは、緑は世間知らずもいいところだ。夜の世界で人間の醜い部分やずるい部分……薄汚い素顔を目の当たりにすることで、その経験はきっと女優としての糧になるはずだ。

それは、自分も同じだった。

裕二も、アルバイトの経験さえなかった。緑を世間知らずと言う資格はない。芸能界という戦場で緑の盾になるのは自分だ。その意味では、緑以上に世間に揉まれる体験が必要だ。

あれやこれやと考えごとをしているうちに、遠くに打ちっ放しのコンクリート壁の豪邸――緑の家がみえてきた。

向こう側から、キャリーバッグを持った女性が歩いてくる。

もちろん、裕二にはその女性が誰かわかっていた。

「信じてたよ」

裕二は、笑顔を緑に向けた。

「嘘。親に説き伏せられて泣き寝入りすると思ってたんじゃない？」

緑が、窺うように訊ねてきた。

父親にカフェに連れてこられたときの泣き顔から、まだ二時間も経っていないというのに、裕二の瞳には緑が何倍も逞しく映った。

「まさか。突然だけど、いまから面接に行こう」

裕二は、早々と切り出した。この先やらなければならない様々なことを考えると、緑には、さらなる決意をしてもらう必要があった。

「面接？　なんの？」

緑が首を傾げた。

「仕事だよ。整形費用に引っ越し費用……金を稼がないと始まらないだろう？」

「それはそうだけどさ、どんな仕事を探すつもり？」

「キャバクラだ」

裕二の言葉に、緑が表情を失った。

「キャバクラなら、採用されれば支度金も出してくれるし、アパートの敷金や礼金も作れる。それに、不特定多数の客を相手にしたり個性の強いキャスト達と競い合うことは、芸能界を目指すお前には最高の『学校』になるはずだ」

「それはそうかもしれないけど……キャバクラなんて嫌よっ。黒瀬君、私を風俗嬢にするつもり⁉」

我を取り戻した緑が、血相を変えて詰め寄った。

「肉体を売るのが風俗嬢だ。キャバクラは違う」

「同じようなものよっ。男の人に媚び売って、嘘吐いて、高いお酒を呑ませて……私、そんなの絶対に嫌だから！」

「だから、お前は世間知らずのお嬢さんなんだよっ。媚びを売ることのなにが悪い？ときには上手な嘘も必要だ。芸能界を、お伽の国かなにかと勘違いしているんじゃないのか？　自分が伸し上がるためなら、相手を出し抜き、蹴落とす……それが、芸能界だ。顔が綺麗になって、スタイルがよくなって、高い服着て、それで、女優になれると思ってるのか？　自分にたいして客に一円でも高く払わせる術を身につけろ！トップになるのに邪魔な女は蹴落とせ！　それができないのなら、芸能界で通用しないし、俺もパートナーにはなれない。それとも、いままで言ってきた決意の言葉は、嘘だったのか？」

裕二は、徹底的に突き放した。

　もちろん、緑の反骨心を煽るためだが、言っていることは本当だった。芸能界は魔物の棲む世界だということを、神崎が教えてくれた。

「ううん、そうじゃない、けど……」

「誰もが羨む最高の女にしてくれなきゃ、俺を殺すって言ったよな？　そこまで啖呵切っておいて、生きるため、夢を叶えるためにキャバクラで働くこともできない根性なしだったのか？　俺はごめんだね。そんな薄っぺらなお嬢様に殺されるなんて、冗談じゃない。さっさと、家に戻れよ」

　裕二は、緑の背後にみえる豪邸を指差し言った。

「戻らないわ」

　緑が、か細い声で拒否した。

「上っ面の口先女は帰れ！」

「やるわよ！　だから……」

　言葉を切り、緑が俯いた。

「だから……もう二度と、パートナーになれないなんて、言わないでっ。私だって、黒瀬君に賭けているんだから！」

　沈黙を破った緑の口から、堰を切ったように溢れ出す熱き訴え――裕二の網膜を突き破るような強い視線……彼女の情念が燃え上がる音が聞こえてくるようだった。

「そうだ、その眼を忘れるな。とりあえず、仕事が決まるまで借りるウィークリーマンションの契約に行くぞ」

「えっ、面接に行くんじゃないの？」

緑は首を傾げながら、不思議そうな顔で訊ねてきた。

「もちろん行く。が、それは今日じゃない。仕事が仕事だし、きちんと下調べをした上で面接に行かないといけないしな。ただ、お前の決意を知りたかっただけだ。それより、住む場所を確保する方が先決だ。しかもふた部屋な」

「ふた部屋？」

ふたたび、緑が首を傾げた。

「ああ。俺も、家を出た」

「えっ……黒瀬君も⁉」

緑が、驚きに眼を見開いた。

「これで、大学も、マンションも、職場もお前と一緒か」

裕二は、悪戯っぽい顔で緑をみつめた。

「職場もって、どういう意味？」

「お前の働くキャバクラで、俺もボーイになるんだよ」

緑が、言葉を失った。

「本当に……？」

「黒瀬裕二と菊池緑は、運命共同体……だろ？」

ウインクしてみせる裕二に、泣き笑いの表情で緑が頷いた。

10

「怖い人とか、出てこないかな？」

中野の駅近くのカフェで、レモンティーをスプーンでクルクルと掻き回しながら、緑が不安そうに言った。

裕二は、携帯電話のディスプレイをみた。

時刻は、午後三時になるところだった。

四時に、緑は新宿の区役所通りのキャバクラに面接に行くことになっていた。

緑が実家を飛び出してから、一週間が経つ。

眼の整形手術をしたときに宿泊していたのと同じ中野のウィークリーマンションを、とりあえずは延長契約していた。

キャバクラの給料が入ったら、手頃なワンルームマンションでも借りるつもりだった。

さあ、いよいよ始まる――裕二は緑に気づかれないように、深呼吸をした。不安がないといったら嘘になる。しかし、それは緑も同じだ。

――出て行くよ。

緑が親ではなく、裕二を選んだあの日、電話越しの父親に対して、思わず口を衝いて出た言葉が脳裏を過る。

――家を出て行くということか？

――ああ。バイトして、ひとり暮らしをする。

あの時、ひとり歩きする自分の言葉に驚きながらも、一方で、人生の決断を迫られている緑同様、まさに自らも人生の岐路に立っていることを感じていた。

――失敗したくないからって足を踏み出さないほうが、きっと後悔することになると思う。じゃあ、これで。

父親、そして兄を見返すまでは、家には戻らない——その決意を持って電話を切った裕二だった。しかし、翌日、裕二は父親に自らの決意を直接伝えるため、再び自宅に戻っていた。

二階の奥にある厚い扉。

最後に入ったのがいつか思い出せないほど、決して近づかなかった父親の部屋の前で深呼吸をすると、裕二は扉を叩いた。

——裕二です。話があります。

静かにクラシック音楽が流れる部屋で、慶一は机に置かれたパソコンに向かい、仕事をしていた。

振り向くそぶりは見えない。

張りつめた空気が流れる。

そして再び、裕二が声をかけようとしたその時、姿勢をかえず慶一が口を開いた。

——なんだ、家出ごっこはもうおしまいか？

昨夜、電話口から聞こえてきたものとは打って変わり、本棚に囲まれた十畳ほどの部屋に響き渡る不気味なほど冷静な声――慶一は、とてもプライドの高い男だ。そして裕二は十八年間、そのプライドを傷つけないように気遣ってきた。たまに反抗的な態度を取ることはあっても、どこかで遠慮していた。

いや、正確に言えば遠慮というよりも恐れていたのだ。

裕二にとって、幼い頃から絶対的存在として黒瀬家に君臨していた慶一は「神」だった。

中学生になり、思春期になっても、慶一には逆らえなかった。

高校生になり、体力的に勝るようになっても、慶一より優位には立てなかった。

愛美との問題が起きた後も、表面上は従順な息子を演じていた。

大学に入り、慶一の期待を大きく裏切り味噌糞(みそくそ)に罵(ののし)られるようになったときに、初めて逆らった――強い口調で、挑戦的な言葉を口にするようになった。

だが、心のどこかで怯(おび)えていた。

殴られるとか、勘当されるとか、そんな類(たぐ)いの恐怖ではない。たとえるならば、その恐怖の質は、新興宗教団体の教祖に洗脳された信者に似ているかもしれない。教祖に冷めた眼を向けられる。

それだけで、不安な気持ちに襲われる。

教祖に罵倒される。

それだけで、自己嫌悪の海に溺れる。

たとえそれが傍若無人(ぼうじゃくぶじん)なものであり、教祖を否定しようとしても、体が拒否することができない。なぜならば、口ではなにを言おうが、教祖なしではやってゆけないということを自分が誰よりも知っているからだ。

裕二も、そうだった。

自分は、慶一を忌(い)み嫌っている。

死んでくれればいいのに……正直、そう思ったこともある。

だが、慶一のいない生活を真剣に考えたことはなかった。

これからは違う。

緑のためにも、真の意味で慶一から独立しなければならない。そのためにも、電話ではなく、直接自らの意思を慶一に伝え、長年の「呪縛」から逃れる必要があったのだ。

――……直接言いたいことがあって、戻ってきただけだよ。

――なんだ、謝るならさっさと謝って、自分の部屋で勉強をしろ。お前のような男に構っているほど、私は暇じゃないんだ。

裕二に顔すら向けずに、慶一の手はパソコンのキーボードを打ち続ける。

音楽に重なるように、カタカタと響き渡る乾いた音――ここで引いてしまったら、いままでと何も変わらない。

裕二は意を決して口を開いた。

――相変わらず、世界は自分中心に動いていると信じて疑わないんだ。昨日、自分の息子が電話口であれだけのことを言ったのに。

裕二は皮肉を交えて言った。

――嫌になるほど、想定内だな。

慶一が、突然振り向くと、含み笑いをしながら言った。

――なにがだよ？

裕二は、怪訝な顔で訊ねた。

——わざと憎まれ口を叩いて、私を怒らせる。稚拙な考えだな。家を出たら、一人前になれるとでも思ったか？　私と対等になったと証明したくて、わざわざ家まで戻ってきて、直接伝えようと思ったのか？　だとしたら、勘違いも甚だしい。だから、お前はだめなんだ。

慶一は、侮蔑の響きを込めた口調で吐き捨てた。

——そうだね。たしかに、俺はガキだった。すべてにたいして、甘えてたよ。そんな自分を変えるためにも、自立したいんだ。

てっきり反論してくると思っていたのだろう慶一が、拍子抜けした顔で裕二をみつめた。

嫌味でもふて腐れているわけでもなく、裕二は驚くほど素直に心の叫びを口にした。

――お前、本気なのか？

裕二の気持ちを量（はか）るように、慶一が訊ねてきた。

――もちろん、本気だよ。

――……大学は、どうするんだ？

――昨日も言っただろ。バイトでも何でもして稼いで大学にも行くよ。

――稼ぐだと⁉　だからお前は考えが甘いというんだ。大学に通いながら、どこで働くんだ？

慶一が、怪訝そうな顔で問い詰めた。

――キャバクラのボーイでもやろうと思ってる。

絶句する慶一――父を挑発しようとしたわけではない。これからは、自分に自信を持つ……裕二はそう決めていた。そして、黒瀬家の人間が「キャバクラのボーイ」をやる、という事実を叩き付けるために、裕二は今日、父のもとを訪れたのだった。

父と兄とは違う道での成功——当然、進むべき道も違う。

キャバクラのボーイ。

慶一に、侮蔑されることはわかっていた。

わかっていながら、裕二は正直に告げた。

フランスに行くのとブラジルに行くのとではルートが違うように、裕二が「目的地」に到達するルートがふたりと違うのは当然の話だ。

——キャ……キャバクラのボーイだと⁉　お前って奴は、どこまで黒瀬家に泥を塗れば気が済むんだ！

先ほどまでの冷静な声とは一変し、慶一が、怒髪天を衝く勢いで声を荒らげた。

——父さん、ごめん。これが、俺の選んだ道なんだ。

裕二は頭を下げ、そして顔を上げると慶一の瞳を見据えた。

ここで眼をそらしてはいけない。

十数秒の沈黙……慶一は裕二から眼をそらすと、ふたたびパソコンの方を向いて呟いた。

――気持ちを変える気がないなら、もう二度と黒瀬家の門は潜らせん。それでもいいなら、好きにしろ。

――気持ちは変わらないよ。俺は、俺にしか歩めない道を行く……いまなら、黒瀬家を捨てた母さんの気持ちが、少しわかるような気がするよ……。

気後れすることなく裕二は告げると、もう一度慶一に頭を下げ、部屋を後にしたのだった。

「黒瀬君、聞いてるの？」

緑の声で、裕二は現実に引き戻された。

「ああ。大丈夫だよ。怖い人なんかいないって」

裕二は安心させるように言うと、ぬるくなったブラックのコーヒーに口をつけた。

「でもさ、キャバクラって、ヤクザとかが裏で経営してるんじゃないの？　歌舞伎町だって、ヤクザの事務所だらけなんでしょ？」

緑は、相変わらず不安げな表情で訊ねてきた。

「そんなの、昔の話だって。いまは警察の眼だって厳しいんだし、大丈夫だよ。それに、俺も一緒なんだから」

「だよね。ねえ、黒瀬君、本当に、同じ店で働いてくれるんだよね？」

一瞬だけ、安堵が浮かんだ顔が、ふたたび不安げになった。

「もちろん。だけど、面接の時に気をつけなければならないことがある」

「なに？」

「キャバクラには、風紀ってものがあるらしい」

「風紀？」

緑が、首を傾げた。裕二も、インターネットでキャバクラのサイトを調べているうちに、「風紀」のことを知ったのだ。

「男女交際のことを、風紀というらしい。キャバクラは、ボーイとキャストの交際は絶対厳禁で、風紀を破ったらボーイは即解雇ってのが、業界のルールだそうだ」

「へぇ～そうなんだ……でも、私達って……」

緑が、なにかを言いかけたが、すぐに口を噤んだ。

「俺達は、なにもない。だが、一緒に面接に行けばスタッフは疑う可能性が高い」

「そっか、私達、そういうふうにみえるんだ……」

心なしか、緑は嬉しそうだった。

「あのさ……」

口を開いたあとに、緑は言い淀(よど)んだ。

「なんだよ？」

「……黒瀬君にとって、私は、どういう存在なの？」

口籠(くちごも)っていた緑が、意を決したように訊ねてきた。

ティーカップを包んでいる両手の震えが、彼女の緊張を代弁していた。

「最高の商品だ」

裕二は、間を置かずに無表情に言った。

緑の瞳が揺れていた――カップの中の琥珀色(こはくいろ)の液体が揺れていた。

「そ……そうだよね」

緑が、強張る顔に懸命に作り笑顔を浮かべ、自分に言い聞かせるように頷いた。

締めつけられる胸――思わずかけそうになった言葉を、裕二はすんでのところで呑み下した。

鈍感なほうではないので、緑の心に芽生えかけている感情に気づいていた。その気持ちは、これから芸能界での成功を目指そうとしているふたりにとっては、百害あって一利なしだ。

いま、ここではっきり釘を刺しておかなければならなかった。

緑のために……ふたりの「夢」のために。

「永遠に、その関係は変わらない」

裕二は、緑に、というよりも、自分に言い聞かせた——自らにも、釘を刺した。

緑の顔が凍てついた。

「そろそろ、行こう」

重苦しい空気に耐え切れず、裕二は伝票を手に立ち上がった。

裕二がレジで会計を済ませる間、緑は席に座ったままティーカップに虚ろな視線を落としていた。

やはり、いまの段階ではっきりさせておいたのは正解だった。これから、ふたりでともにする時間が長くなる。うやむやなままの関係で行動をともにすれば……いつか、間違いが起こらないともかぎらない。

「外で待ってるぞ」

裕二は緑に言い残し、外へと出た。

気持ちを整理する時間を、与えるつもりだった。

裕二が店を出てすぐに、背後でドアベルが鳴った。

「もう、いいのか……」

振り返った裕二は、声を吞んだ。

視線の先にいたのは、緑ではない別の若い女性だった。

「ひさしぶり、裕ちゃん。こんな偶然って、あるんだね」

うっすらと瞳に涙を滲ませた女性……愛美(まなみ)が、泣き笑いの顔で言った。

☆　☆

唐突に目の前に現われた愛美に、裕二は心臓が止まりそうになるくらい驚いた。

「最後に会ったときも、こういうカフェだったね」

愛美の泣き笑いの顔が、裕二の記憶を物凄いスピードで遡(さかのぼ)らせた。


――……子供が……できちゃったみたい……。


高二の夏休み。目黒駅近くのカフェ。当時交際していた同級生の秋山愛美の突然の告白に、裕二の頭の中は真っ白に染まった。

――産婦人科の先生に診てもらったから、間違いじゃないわ……裕ちゃん、嫌なの？

嫌なわけがない——愛美にそう言ったものの、裕二の頭の中は慶一の修羅の如き顔に支配されていた。
親の脛を齧る生活——「黒瀬家の看板」というプレッシャーの中、親に言われるがまま走り続けるしかできない自分。そんな無力で人任せの人生を送っている自分が、父親になどなれるわけがなかった。

——じゃあ、産んでもいい？

そのときの愛美の期待に満ちた瞳と弾んだ声に、裕二の全身は恐怖心に緊縛された。
父と兄が通ったエリート街道——「早徳大学」政経学部に入るために、一瞬たりとも気を抜けない日々。
十七歳で子供ができたら、大学受験どころではなくなる。
なにより、慶一が許すはずがない。

——やっぱり……嫌なんじゃん！

愛美の悲痛なる叫びも、裕二の自己保身からくる動転した心には届かなかった。

ふたりがまだ高校生で生活力がないこと。経済的援助を実家がしてくれるわけがないこと——もっともらしい理由を並べ立ててはいたが、結局は保身しか頭になかった。

——親のこと、気にしてるの？　裕ちゃん、お父さんになるんだよ⁉　親の言いなりになって、情けないと思わない？

親の言いなり……一番、触れられたくない生々しい傷口に、愛美は爪を立てた。

——お前、自己中過ぎるんだよっ。ガキがガキを産んで、育てられるわけないだろうが！　お金は大丈夫？　バイトをやれば育てて行ける？　そんな甘いわけないだろう‼　もう少し現実的に考えろよ‼　もう、お前とは終わりだ！

その日の夜、愛美は風呂場で手首を切り自殺未遂を図った。

命こそ取り留めたが、裕二の中でなにかが音を立てて崩れた。

それから三日後に、愛美は親の仕事の都合という建前で、引っ越しをした。

　愛美と再会するのは、二年ぶりのことだった。

「私のことなんて、すっかり忘れたって顔してるよ」

　愛美の涙にくぐもった声が、裕二を忌まわしい回想から現実に呼び戻した。

「愛美のことは、一日だって忘れたことはない」

　嘘ではなかった。愛美が転校してから……大学に入ったいまでも、ずっと彼女のことが頭の片隅に残っていた。

　後悔――あんなひどいことを言うなんて、最低の男だ。
　懺悔――愛美の身も心も、深く傷つけてしまった。

　だが、二年間引きずっていたのは、愛美に想いが残っているから、というより、自分自身の罪悪感だった。

「なら、どうして、ずっと連絡をくれなかったの？　私が、死のうとしたこと知ってるでしょう？」

　愛美が、縋る眼で訴えてきた。

「……ごめん」

裕二は視線を足もとに落とし、呟くように詫びた。

引っ越しの事実を知った夜、裕二は隠れるように愛美の家を訪れた。

しかし、かつて何度も遊びにきた家の中は真っ暗で静まり返っていた……まるで裕二を拒絶しているように。

気がつけば裕二は、逃げるようにその場から走り去っていた。

「やっぱり、私のこと嫌いになったの？　私……子供、堕ろしたんだよ？　裕ちゃんが宿した命を、殺しちゃったんだよ⁉」

愛美の涙声が、裕二の胸に突き刺さった。

「わかってる……本当に、申し訳ないと思ってる……」

裕二は顔を上げ、力なく言った。

「そうじゃない。私が聞きたいのは裕ちゃんの……」

その言葉を遮るように、カフェのドアが開き、緑が出てきた。

言葉を切った愛美の視線が、裕二の肩越しに向いた。

「ごめんね、黒瀬君。もう迷わない。行きましょう」

愛美に訝しげな眼を向けつつ、緑が裕二を促した。

「なに、あなた、裕ちゃんとつき合ってるの⁉」

それまでと一変した厳しい表情……厳しい口調で愛美が訊ねた。

「この人、誰？」

緑が、怪訝な顔を裕二に向けた。

「彼女は……」

「恋人よ」

言い淀む裕二を遮り、愛美がきっぱりと言った。

「えっ……」

絶句した緑が、窺うように裕二をみた。

「本当なの？」

「だから、あなたは裕ちゃんのなに⁉」

愛美が緑の肩を摑んで自分のほうに向かせると、いらついた口調で言った。

「なにって……黒瀬君は、私を……その、女優にしてくれようとしてるの」

困惑を隠せない緑の歯切れは悪かった。

「なにそれ、女優ですって⁉　裕ちゃん、芸能プロダクションをやってるの⁉」

愛美が、驚きに眼を見開いた。

「事務所はまだないけど、将来はやろうと思っている」

裕二もまた、歯切れが悪かった。

「私のことより、芸能界みたいなくだらない世界が大事なわけ⁉」

愛美が、血相を変えて食ってかかってきた。

「ちょっと、くだらないってなによ⁉」

それまでの困惑していた緑の顔も、さっと気色ばんだ。

「人の彼氏を横取りしておいて、開き直るわけ⁉　芸能界ごっこしているあなたに、私の気持ちなんてわかるわけないでしょう⁉」

「そんな中途半端な気持ちで、やってるんじゃないっ。恋愛ごっこしてるあなたのほうこそ、私の気持ちがわかるわけないわ！」

対峙（たいじ）する緑と愛美に挟まれた裕二は、どうすることもできずに、ただ見守るしかなかった。

「私と裕ちゃんの関係は、恋愛ごっこじゃないわ。高校二年のとき、裕ちゃんの子供を妊娠して堕ろしたことなんて、知らないでしょう？」

優越感に満ちた顔で愛美が言うと、緑が表情を失った。

「つまり、私と裕ちゃんはそういう関係だってこと。もう一度言うけど、芸能界ごっこをしてるあなたとは、関係の深さが違うのよ！　わかったなら、さっさと消えなさいっ」

愛美の放った「矢」は、緑に致命傷を与えた……はずだった。しかし、緑の眼には、いままで以上に強い光が宿っていた。

「愛なんて……いらない。私がほしいのは……いままで馬鹿にしてきたみんなを見返すだけの成功……それを叶えるには、黒瀬君の力が必要なの。消えるのは、あなたよ」

口調こそ物静かだったが、緑からは有無を言わせない威圧のオーラが発されていた。

しばしの間、呆然としていた愛美だったが、我を取り戻すと緑に平手打ちを食らわせた。

間を置かず、緑がより強い力で愛美の頬を張り返した。

あまりの衝撃に、愛美が二、三歩よろめくほどだった。

「もう、いいだろう」

裕二は、反撃しようとする愛美と緑の間に割って入った。

「私より、彼女を庇うの!?」

愛美が、赤く充血した眼で裕二を睨みつけた。

「どっちを庇うとか、そういう問題じゃない。また、連絡するから。電話番号、変わったのか？」

「昔のままよ。裕ちゃんから、いつかかってくるかと思ったら、変えられなかった……」

唇をへの字に曲げた愛美の、頬に伝うひと筋の涙が裕二の心の琴線に触れた。

「本当にごめん。必ず、連絡するから」

裕二は愛美と視線を合わさずに言うと、緑の腕を引き歩き出した。

「連絡、待ってるからね！」

愛美の声から逃げるように、裕二は足を速めた。

「ねえ、黒瀬君」

「話は、タクシーに乗ってからだ」

裕二は緑を遮り、通りの向こう側からくる空車の赤ランプを点したタクシーに手を上げた。

「タクシーなんて、もったいないよ。電車で行こうよ」

緑を無視し、裕二はタクシーに乗り込んだ。駅まで歩く道程で、ふたたび、愛美と遭遇したくなかったのだ。

「歌舞伎町に行ってください」

裕二は運転手に告げると、シートに背中を預け眼を閉じた。

「ちょっと、車に乗ってから話すんじゃなかったの？　ねえ、あの女の人が言ってたこと、本当？」

裕二は答えず、じっと眼を閉じていた。

自分の中でも、愛美の突然の出現で心の整理ができていなかった。

「また無視？　ちゃんと、答えてよっ」

「俺とお前は、ビジネスパートナーだと言ったはずだ。俺が誰とつき合おうがつき合うまいが、お前にいちいち報告する義務はない」

裕二は、眼を閉じたまま抑揚のない口調で言った。

緑が息を呑む気配が伝わってきた。

愛美に緑……お前は、救いようのない最低の男だ。

どこかから、暗鬱なる自責の声が聞こえてきた。

……まったくだ。

裕二は、心で呟いた。

11

トランス系の音楽が大音量で流れる「ティアラ」の店内は、金曜日ということもあり混雑していた。

「すみませーん、ツメシボお願いしまーす！」

三番テーブルの明日香（あすか）が、五番テーブルにフルーツの盛り合わせを運んでいた裕二に声をかけた。

「はい、ただいま！」

「あ、新人さん、キャスターの五ミリお願いね」

五番テーブルにフルーツを置いた裕二に、絵美（えみ）が小銭を渡してきた。

「はい、ただいま！」

裕二は厨房に行き、冷たいオシボリと煙草を手に三番テーブルと五番テーブルに駆け戻った。

「新人さーん、ロゼお願いしまーす！」

「こっちは、皿うどんよろしくね！」

十番テーブルの美沙（みさ）と二番テーブルの由梨（ゆり）が、立て続けに注文を入れてきた。

「はい、ただいま!」

裕二はオシボリと煙草をそれぞれのテーブルに急いで運ぶと、ふたたび厨房に走った。

「おいっ、黒瀬、店内を走るなっ」

先輩のボーイ……岩岡が、擦れ違いザマに裕二を叱責した。

「あ、すみませんっ。ロゼ&皿うどん、ワンオーダー入りました!」

裕二は岩岡の背中に頭を下げ、厨房の中に声をかけた。

「まあ、俺がリリちゃんくらいの年のときは、血気盛んでね。ヤクザでも構わず喧嘩売ってたな」

「へぇ〜、木戸さんって優しそうにみえるのに、男っぽいんですね! 昔チョイワルで包容力のある男性って、リリの理想です」

六番テーブル——四十代の中年客の自慢話にたいするリリカのリアクションは、「ティアラ」のナンバー1キャストだけありさすがだった。

裕二と同じ、今日が初日の緑は緊張で喋(しゃべ)れないのだろう、リリカの隣りで強張った笑みを浮かべるだけで精一杯のようだった。

「いまとなっては笑い話だけどさ、命なんていくつあっても足りない生きかたしてたよな。こうやって君達みたいなかわいいコ相手に酒を呑めるんだから、ほんと、運がよかったわ」

中年客……木戸が、どさくさに紛れてリリカと緑の肩を抱き寄せた。

「そんなこと言ってもらえて、すっごい、嬉しい！」

とても演技とは思えない弾(はじ)ける笑顔を作るリリカの横で、緑は嫌悪に眉根を寄せていた。

裕二は、新しい灰皿を持って六番テーブルに向かい、まだそんなに吸殻は溜まっていないのに交換した——灰皿交換しながら、緑に厳しい視線を送り、周囲にはわからない程度に小さく首を横に振った。

耐えろ——アイコンタクトで訴えた。この程度で愛想が使えなければ、芸能界では生きてゆけない。

「またまた、営業がうまいな。俺みたいなおっさん、恋愛対象にならないだろう？」

木戸が、言葉とは裏腹に期待の色の浮かぶ瞳でリリカをみつめた。

「とんでもない！　木戸さんみたいな素敵な男性なら、リリのほうから立候補したいですぅ」

リリカが、甘えてくるチワワのような鼻声を出しつつ木戸の太腿(ふともも)に手を置いた。

「嬉しいねぇ。君……新人ちゃんは？」

鼻の下を伸ばした木戸が、ヤニ下がった眼をリリカから緑に移した。

「え……⁉」

「俺とか、彼氏としてどうよ？」

リリカのお世辞を真に受けた木戸が、自信満々の表情で困惑する緑に訊ねた。

「私は、五つ以上離れている人は、恋愛対象としてはみられません。すみません……」

馬鹿正直に気持ちを伝える緑に、場の空気が氷結した。

馬鹿野郎……。

裕二は、心で舌を鳴らした。

一方で、無理もない、という思いが交錯した。社会経験のない緑が、父親並みに年上の酔っ払いおやじをいなす術など知るはずもない。

「別に、謝ることはないだろう。俺みたいなおっさんなんか相手にできないっていうのは、君の好みの問題だからさ。四十過ぎのおっさんなんて、気持ち悪いだけだよな？」

口調こそ冷静さを保っていたが、木戸の眼の下の皮膚は屈辱と怒りにヒクヒクと震えていた。

「いいえ、私、そんなつもりで……」

「いやいやいや、だから、言い訳なんてする必要はないって。君が四十過ぎのおっさんなんて気持ち悪くてつき合えないってだけの話だからさ、しようがないよ。俺だって、八十の婆さんとキスできないのを責められても困るしな」

戸惑う緑を遮り、木戸が皮肉のオンパレードを浴びせかけてきた。

「サラちゃん、あんた、なんて失礼なことを言うのよっ。木戸さん、ほんと、ごめんなさい。ちょっと、あんた、店長を呼んで彼女を別の席に回して」

リリカは、サラ――緑を睨みつけながら木戸に詫びると、硬い表情で事の成り行きを見守っていた裕二に命じた。

「はい……ただいま」

裕二は、店内に首を巡らせた。

店長の西山は、六番テーブルの異変に気づきちょうど駆け寄ってきているところだった。

「リリカさん、どうしました？」

駆けつけるなり、西山はリリカに訊ねた。

「こんな失礼なコ、席から外してよ！」

「お客様、本当に申し訳ございませんでした。気持ちで、シャンパンをつけさせて頂きます」

どんなふうに失礼だったかを聞こうともせずに、西山は木戸に深々と頭を下げた。

「いやいや、新人だからしようがないよ。俺は別に、気にしていないから」

一本数万のシャンパンをサービスされることで気分をよくした木戸が、上機嫌に言った。

「ありがとうございます。すぐにシャンパンを用意しますから。サラさん、待機席に下がって」

恭しく木戸に頭を下げた西山が、緑を厳しい口調で促した。

裕二も、ふたりのあとに続いた。

「お前、どういうつもりだ!? 木戸さんはな、週に五十万以上落とす太客だぞっ」

客席から死角になっている待機ソファに座るなり、西山が緑を叱責した。先に座っていた指名待ちのキャストの三人が、表情を失った。

「恋愛対象としてみられるかと訊かれたので、正直に……」

「馬鹿正直に本当のことを言う奴がいるか！ いいか!? キャバクラっていうのはな、時間を買って貰う商売だっ。現実を忘れられる、夢のような時間をな。たとえ、どんなに嫌な客でも、このコ、俺のことが好きなのかな?と思わせられるくらいの芝居ができなければキャストは務まらないんだよ！」

「……すみません、サラさん、ご指名です」

ボーイの野池が、西山の顔色を窺うように遠慮がちに言った。

「サラを指名!?」

西山が、素頓狂な声で訊ね返した。

裕二も、同じ心境だった。

今夜から店に出たばかりの新人に指名が入るのは、意外だった。

「はい。さっき店長が木戸さんの席で謝っているときに入店された神崎様が、サラさんをみかけて、気に入ったようです」

神崎という名前にどこかで聞き覚えがあったが、裕二はすぐに思い出すことができなかった。

「神崎さんは、何番テーブルだ?」

「十二番テーブルです」

「お前は、六番テーブルにドンペリのゴールドを持って行くんだ。サラ。神崎さんも常連の太客だ。汚名返上のチャンスだぞ。今度客を怒らせたら、クビだからな。行くぞ」

西山は野池に指示を出し、緑に釘を刺すとフロアに向かった。

裕二は、ふたりのあとを追った。

「いらっしゃいませ。サラさんです」

「サラです。ご指名して頂き、ありがとうございました」

「おう、待ってたよ」

西山に紹介された緑を満面に笑みを湛えながら迎え入れる男……薄い黄色のサングラスをかけた三十代と思しき男をみて、裕二は息を呑んだ。

――単刀直入に言おう。あの女のコを、俺に譲ってくれないか？

緑の父親との対面があった日、カフェを出た直後にいきなり声をかけてきた男――「ヘラクレスプロダクション」のチーフ・マネージャー、神崎の言葉が脳裏に蘇った。

――君は、なかなかの眼力を持っているな。決して美人ではないあのコの秘めた素材の高さを瞬時に見抜いた。スカウトを十年やってても、わからない奴にはわからない。

神崎は、偶然に裕二達と同じカフェに居合わせ、緑の資質に惚れ込み声をかけてきたのだった。

神崎にプロデュース力があると褒められた反面、原石をダイヤに磨き上げるまでに莫大な先行投資が必要であるという現実を突きつけられた。

緑を「一流の商品」にするには、眼を二重にする以外にも、鼻、顎、胸をイジり、歯並びを整え、ウエストや太腿を細くし……これだけで、一千万はかかるらしい。
しかも、ビジュアルを完璧にしたからといって、そこで終わりではないという。
演技力を身につけるためのワークショップ、よく通る声を手に入れるためのボイストレーニング、どんな役でもこなせるようにするための殺陣やダンスのレッスン、テレビ局のプロデューサー、映画監督、広告代理店へのプロモーションなど、トータルで五千万からの先行投資が必要だと、神崎は言っていた。

——いまなら、まだ間に合うぞ。おとなしく、二百万で手を打てよ。

神崎は、ふたつの札束を裕二の顔前に突き出してきた。

——桁がふたつ違う額を稼ぐ女優にしてみせるさ。

裕二は、神崎の誘いを撥ねつけた。

——馬鹿なガキだ。お前がその気なら、俺も好きにさせてもらう。菊池緑を、ガンガン口説かせてもらうよ。

「ちょっと、ボーイさん」

記憶の中の神崎の宣戦布告に、裕二を呼ぶ神崎の声が重なった。

「やっぱり、お前か……驚きだな」

神崎が、微かに眼を見開いた。

「驚いたのは、俺のほうだ。どうして、ここが？」

裕二と神崎のやり取りを、緑が怪訝そうな顔で聞いていた。

緑はふたりの経緯を知らないので、それも無理はない。

「どうしてもなにも、俺はここの常連だ。お前達こそ、セットで働いてるのか？」

「それは言わないでくれ。店には、俺と緑が知り合いなのは内緒にしている」

声を潜め、裕二は言った。

「人に物を頼むときは、敬語を使ったらどうだ？　ただでさえ、この空間では俺は大金を落とす常連客で、お前は一介(いっかい)のボーイなんだからな」

神崎が、加虐的に口角を吊り上げた。

「あんた……」

「お前ら、大学の同級生同士でキャバクラに……」

「シッ！　静かに……」

「だったら、神崎様、ご注文はなにになさいますか？　と言えよ。ボーイさん」

裕二の耳を摑み引き寄せた神崎が、嘲るように言った。

カッと頭に血が昇ったが、裕二は眼を閉じ気を静めた。ここで神崎とやり合えば、どうなってしまうかを考えられるくらいの冷静さは残っていた。

「神崎様……ご注文は、なにになさいますか？」

裕二は、怒りを押し殺しボーイに徹した。

「やればできるじゃないか？　ドンペリのロゼだ」

勝ち誇ったように笑う神崎に頭を下げ、裕二は踵を返した——急ぎ足で厨房に向かい、シャンパンクーラーに入れたボトルとグラスをトレイに載せ、十二番テーブルに戻った。

神崎が緑に、身振り手振りを使ってなにやら熱弁をふるっていた。

「あんなにきれいな人が、整形する必要あるんですか⁉」

緑が、驚きの表情で訊ねた。

「カナがきれい？　とんでもない」

苦笑いを浮かべつつ、神崎が顔前で手を振った。

カナ……松石カナのことを話しているに違いなかった。

松石カナは連ドラの主役を張るほどの売れっ子で、神崎が担当している若手女優だ。

「デビュー前の彼女は、眼も腫れぼったいひと重瞼で、鼻もひどい団子鼻だったんだ」

「えー、信じられません。眼も鼻も凄く自然で、整形したようにみえません。それに、私、彼女の卒業アルバムをみたことありますけど、眼もパッチリして鼻もスッとしてましたよ」

営業トークで話を合わせているだけでないことは、身を乗り出している緑が証明していた。

「卒業アルバム？　あー、大手芸能プロに入ってるタレントなら、遅くても高校一年までにはあらかた『工事』は終わらせるもんだ。カナも、高校入学してすぐに一千万かけて整形させたよ」

「一千万……そんなに⁉」

緑が驚きの声を上げた。

まずい展開になってきた。一千万レベルの話をされてしまうと、緑の整形費用にかけた数十万が安く感じられてしまう。金だけでなく、神崎の芸能界においての人脈、知識、プロデュース力を耳にした場合、緑の心の変化が心配だった。

「一千万なんて、あっという間だよ。ほかにも……」

「ドンペリのロゼを、お持ちしました」

裕二は、神崎の話を遮るようにシャンパンクーラーをテーブルに置き、厳しい眼で緑を見据えた。

この男には気をつけろ――瞳に込めた思いが届いていないということは、緑の怪訝そうな表情が代弁していた。

「なんだよ？　もう、行っていいぞ」

神崎が、野良猫を追い払うように裕二に手で追い払う仕草をみせた。

「ごゆっくり」

唇を嚙み、頭を下げた裕二はテーブルを離れた。

各テーブルの灰皿交換をしながらも、裕二は十二番テーブルの神崎と緑の様子が気になって仕方がなかった。

「ボーイさーん、お願いします」

一番テーブルの水葉(みずは)が、手を挙げた。

その位置からは緑のテーブルはみえなくなるが、無視するわけにはいかなかった。

「はい、なんでしょう？」

「マールボロのスーパーライトをお願いします」

水葉が、五百円硬貨を手渡してきながら言った。

「お客様、スーパーライトは店に取り置きがございませんので、ほかの銘柄の一ミリか、マールボロのライトでもよろしいでしょうか？」

裕二は、水葉の指名客である五十代と思しきサラリーマンふうの男に伺いを立てた。

神崎と緑を残して店を離れるのが不安だったのだ。

「あ、区役所通りのコンビニに売ってるから、買ってきてよ」

男性客が、当然のように言った。

「申し訳ありません。いま、店が混み合っていますので……」

「は？　あんた、なに言ってんの⁉　お客さんの煙草が店になかったら、外で買ってくるのがボーイの仕事なんだよ‼　そんなことも、教わってないの⁉」

水葉が、髪の毛と同じ栗色に染めた眉毛を吊り上げた。

「いや……その……」

「もう、いいわ。店長、呼んできてよ」

しどろもどろになる裕二に、呆れたように水葉が言った。

「すみませんでした！　すぐに、買ってきます」

裕二は、弾かれたようにフロアを飛び出し地上へと続く階段を駆け上がった。

緑に続いて、自分まで西山に悪印象を与えたくはなかった。

通りを渡り、コンビニエンスストアに入った――マールボロスーパーライトを買い、とんぼ返りに店に駆け戻った。

「お待たせしました」

裕二は煙草とお釣りを水葉に渡して一礼すると、十二番テーブルに足を向けた。

「芸能界って、大変なんですね」

神崎に向けられた緑の好奇に満ちた表情から、裕二が離れていた十分かそこらの時間、会話が弾んでいたのだろうことが窺えた。

「まあ、生き馬の眼を抜くような厳しい世界だからな。でも、もし、俺がサラちゃんをプロデュースしたら、松石カナを超える女優にできるよ」

「私が、松石カナさんを超えられる女優に!?」

身を乗り出した緑の瞳が輝いた。

「サラさん」

裕二は、あたかも指名が入ったかのように緑を呼び出した。

「指名?」

背後から訊ねてくる緑の問いかけを無視して、裕二はロッカールームに続く通路に向かった。

「どこに行くの……」

不意に、裕二は足を止め振り返った。

「あの男の言うことは信用するな」

「どうしたの、突然？」

「奴は、悪徳芸能プロダクションのチーフ・マネージャーだ。いいことばかり言ってお前を騙そうとしてるから、気をつけろ」

「そんなの、どうしてわかるの？」

緑が、不服そうに訊ねてきた。

神崎の術中に嵌りつつある証拠だ。

「なんだ？　あいつを庇うのか？」

裕二は、不快感を隠そうともせずに言った。

引き抜きにたいする怒りはもちろん、神崎にたいしての嫉妬も混じっていた。

「そんなんじゃないわ。ただ、黒瀬君が決めつけるから……」

「決めつけじゃないっ。事実を言ってるんだ！　まさか、あんな詐欺師の言うことを信用してるんじゃないだろうな⁉」

裕二は、緑を通路の壁に押しつけるように詰め寄った。

「なんだか、今日の黒瀬君、おかしいよ。いったい、どうしちゃったのよ⁉」

たしかに、緑の言う通り、裕二は平常心を失っていた。

それが、余裕と自信のなさからくる焦燥感が原因なのはわかっていた。

「とにかく、あいつの話に乗るな。冷たくあしらえっ」

「そんな……木戸さんのことで店長に怒られてるし、私、クビになっちゃうよ！」

「いいから、俺の言う通りに……」

「お前ら、なにをやってるんだ？」

西山が、厳しい表情で声をかけてきた。

緑が頭を下げ、逃げるようにフロアへ戻った。

「ちょっと待て」

緑のあとに続こうとした裕二の腕を、西山が摑んだ。

「はい？」

足を止め振り返った裕二は、首を傾げて西山をみた。

「お前とサラ、大学の同級生なんだってな？」

「え……」

唐突な西山の問いかけに、瞬間、裕二は絶句した。

しかし、すぐに、神崎の顔が頭に浮かんだ。

「お前ら、他人の顔して別々に面接にきたろ？　つき合ってんのか？　だとしたら、風紀違反になるからボーイはクビだ」

無表情に宣告する西山の声に、裕二は表情を失った。

12

タクシーを降りて中野区のウィークリーマンションに到着したときには、午前二時を過ぎていた。

デニムのヒップポケットから乱暴にキーケースを取り出した裕二は、いらついた様子でカギを差し込んだ。そしてドアを開けると、電気をつけずに室内に入り、リビングのソファに腰を下ろした。

「私が、謝ったほうがいいの？」

タクシーの中で一言も口をきかなかった裕二に対して、電気のスイッチを入れた緑が、顔色を窺うように覗き込んだ。

「お前は、どう思ってるんだ？　俺は、初日で店をクビになったんだぞ⁉」

裕二は、吐き捨てるように言った。

——同じ大学だということを黙っていたのはすみません。でも、俺と菊池は、店長が言われるような関係じゃありません。

閉店後、西山に緑とともに店長室に呼び出された裕二は、神崎の密告を否定した。

——だったら、なんで神崎さんはあんなことを言うんだ？　お前らふたりは男女関係にあるのを隠してウチに入った。神崎さんは、そう言ってたぞ？

疑わしそうな眼を向けながら、西山が訊ねてきた。

自分がプロデュースして、緑をトップ女優にする——正直に言うべきかどうか、裕二は迷った。

西山は、太客である神崎が芸能プロダクションのマネージャーであることを知っているはずだ。そして、緑に興味を持っていることも気付いているだろう。そのことを利用して、緑を神崎専属のキャストのように扱うかもしれない。神崎が店に通い詰め、今日のように緑を口説き続けたら……マイナスの想像が広がる裕二の思考に、もう一人の裕二がストップをかけた。

この程度のトラブルで、いちいち悩んでどうする！　緑は自分がプロデュースしてトップ女優にする——自分が自分を信じられずしてどうするんだ。

うなだれかけていた首を持ち上げ、裕二は答えた。

――俺は、大学を卒業したらプロデューサーになるつもりです。菊池は、俺がプロデュースする初めての女性で、将来、トップクラスの女優に育てようと思っています。でも、彼女の父親が芸能界には反対していて……それで、自分らで夢を叶えるために金を稼ごうってことになって、ふたりで面接を受けることにしたんです。

――本当か？

西山が、緑に視線を移した。

――はい。黒瀬君の、言う通りです。

――……同じ大学であることを隠していたことは、本当に、申し訳ありませんでした。頑張りますので、店で働かせてください！

学生しかやったことのない裕二は、誰かにたいしてこんなに頭を下げるのは生まれて初めての経験だった。

緑だけでなく、将来、芸能界で生きてゆくのなら、自分自身も社会人としてのイロハを習得する必要があった。

『私達の仕事は頭を下げることに始まって頭を下げることで終わる』、という話を雑誌の対談でテレビ局のプロデューサーが語っていたのを読んだことがあった。

最初は、意味がわからなかった。プロデューサーとは、偉そうにふんぞり返っているイメージがあり、頭を下げるより下げられることが多い職業だと思っていた。

新人俳優の売り込みなど、キャスティング権を持つ大物になればそういうこともあるだろうが、そんなプロデューサーは極く一部だ。多くのプロデューサーは、資金集めでスポンサーに頭を下げ、現場の段取りが悪いときに大物俳優に頭を下げ、トラブルが起これば善悪を糾す前にとにかく頭を下げ……と、現場に関わる関係者及びキャストの間に起こった不協和音を丸く収め、物事を円滑に進めるのが最重要な仕事らしい。

プロデューサーという仕事は、親の敷いたレールを走らされていた裕二には考えもつかないような忍耐と根気が必要な世界だということを、その雑誌を読んで初めて知った。


——俺は別に、お前がプロデューサーになろうとしているのを馬鹿にするつもりもないし、むしろ、そういう野心を持っている奴を面白いとすら思っている。だがな、そういう問題ではないんだ。お前らが恋仲でないということは信じたとしても、ふたりを同じ職場に置いておくわけにはいかない。

西山が、毅然とした表情で言った。

――なぜです⁉　恋人じゃないから、風紀には引っかからないはずです。

納得できず、裕二は西山に食い下がった。

キャバクラの店長ひとりを説き伏せることもできないようであれば、神崎のような海千山千の曲者が揃う芸能界では通用しない。

――ウチの場合の風紀っていうのはな、なにも、恋人関係ばかりを指しているわけじゃない。スタッフとキャストの関係性が深ければ、いろいろと障害が起こるものだ。キャスト達はみな、扱いに敏感だからな。そういうつもりはなくても、周りのキャストは贔屓をしていると思ってしまう。だから、ウチは兄妹であっても同じ店には雇わない方針なんだ。悪いが、そういうことだから、お前には今夜かぎりで辞めてもらう。

西山が、淡々とした口調でクビを宣告してきた。

――お願いします！

裕二は、西山の足もとに土下座した。

――菊池を贔屓することはありませんし、ほかのキャストと平等に扱いますっ。絶対に、店にご迷惑をかけることは致しません！　だから、クビにしないでくださいっ。

額を床に擦りつけるようにして、裕二は訴えた。

――神崎さんが言ってたよ。サラちゃんと喋っているときにお前が睨みつけてくるし、途中で指名でもないのに連れて行かれたってな。

――違うんですっ。それは……。

――言い訳はいい。お前がそうじゃないと言っても、客がそう感じたらそれが事実だ。明日からは、こなくていい。もし不満なら、神崎さんのお気に入りとはいえ、サラも一緒に辞めてもいいぞ……余計なことかもしれないが、お前、もう少し社会に揉まれた方がいいよ。行動が、子供っぽすぎる。

「いきなりクビなんてひどいと思うけど、私のせいじゃないでしょう？」

記憶の中の西山の声に、緑の声が重なった。

「神崎が、俺とお前の関係を西山にチクったんだ。だから、言っただろう⁉　奴には気をつけろってな」

裕二は、吐き捨てた。

「じゃあ、どうすればよかったの⁉」

「今夜みたいに、奴の話にがっつくんじゃない。馬鹿みたいに顔輝かせて、身を乗り出すのはやめろっ」

「もしかしてさ、黒瀬君、妬いてる？」

緑が裕二の隣りに座り、悪戯っぽい表情で顔を覗き込んできた。

「ふざけるなっ。そんなわけないだろう！」

裕二は、自分でもびっくりするくらいの大声を出した。

緑にたいして、恋心を抱いているわけではない……抱かないように、自らに釘を刺していた。

妬いていないかと言えば、それは違う。

正直、嫉妬している自分がいた。だが、その感情は、恋人を取られるというより「財産」を取られるというものに近かった。

「なんだ。そうだったら、嬉しいのに」

拗ねたように頬を膨らませながらもどこか楽しげな緑の声に、三度、神崎の「あの言葉」が重なる。

――馬鹿なガキだ。お前がその気なら、俺も好きにさせてもらう。菊池緑を、ガンガン口説かせてもらうよ。

今日の自分は、あまりにも惨めだった。

地位も名誉も実績も金も、すべてにおいて神崎に勝るところがないことを、緑の前で晒されてしまったのだ。

では、いま自分にできることはなにか?

自分が神崎に勝っているものは本当にないのか……。

次に裕二の口から出た言葉は、自分でも信じられないぐらい、素直な、いまの気持ちだった。

「俺はお前を馬鹿にしてきた奴らを見返すために、トップ女優にすると約束した。一日のほとんどの時間を、お前のために費やしている。たしかに神崎は芸能プロダクションのチーフ・マネージャーで、俺より人脈も経験も金もあるだろう。だけどな、お前をトップにしてみせるって情熱だけは、負けはしない。それでも、奴が魅力的なら、事務所に入ればいい。だが、これだけは覚えておいてほしい。奴がトップ女優にするのは、菊池緑じゃなくてもいいってことを」

緑を翻意させるための嘘ではない。


――悔しい……私……悔しいよ……。


クラスメイトとホスト達に罵られ、歌舞伎町の路上で泣きじゃくる緑が脳裏に蘇った。

彼女の惨めな姿に、裕二は己を重ね合わせた。

彼女を変えたい……人生の勝者にしてやりたいと思った。

緑が勝利することは、自分が勝利すること――ふたりで、世間を、馬鹿にした者達を見返してやりたかった。

「黒瀬君……」

感極まったように瞳を潤ませた緑が、裕二をみつめた。

「いまの俺には、情熱しかないかもしれない。しかし、その情熱は、お前にだけ向かっていることを信じて欲しい……だから……俺についてきてくれないか？」

裕二は、小指を宙に翳しつつ緑をみつめ返した。

「あたりまえじゃない」

緑の小指が、裕二の小指に絡んだ。

ほのかに熱を帯びた緑の指先を通じて、彼女の決意が伝わってくるような気がした。

「よし、早速、今後のことを打ち合わせよう」

「うん。飲み物持ってくるね。なにがいい？」

「コーヒーあるか？」

「インスタントでいい？」

「こんな安っぽいマンションじゃなくて、三十畳くらいの大理石床のペントハウスで、本格的にサイフォンでコーヒー淹れられるような生活ができるようになりたいな」

「へえ、黒瀬君も、そういうロマンチックなこと考えるんだね」

弾む足取りでキッチンに向かった緑が、ガスレンジにヤカンをかけながら嬉しそうに言った。

「俺の夢を、もっと聞かせてやろうか？　俺達の移動はフェラーリで、一流ホテルのラウンジで、一杯千五百円のコーヒーを飲みながら打ち合わせをする。分刻みのスケジュールで、移動車で飯を食いながら雑誌の取材を受け、連ドラのロケ現場に向かう。ロケが終わったら息吐く暇もなくドラマ宣伝のバラエティ番組に出演するために局入りする。ドラマと同時期に決まった大作映画の制作発表会見では、背中がざっくり開いたセクシーなドレスで登壇するお前に、詰めかけたマスコミからどよめきが起こり、眼を開けてられないほどのフラッシュが焚かれる。清涼飲料水、化粧品、携帯電話……何本もCMが決まり、好感度女優と呼ばれるようになり、NHKの大河ドラマのヒロインに抜擢される。その頃には、お前を馬鹿にしていた奴らは掌を返したように、自分と菊池緑はいかに仲のいい友人であるかを吹聴して回る。だが、お前はもう手の届かない遠い存在になっている。そして……」

俺も、俺を見下してきた慶一や真一が、軽々しく口をきけないほどの大物プロデューサーになっている。

裕二は、切った言葉を心で続けた。

「その夢……絶対に、実現したいわ」

感激の表情で緑が、裕二にコーヒーカップを差し出しソファに腰を戻した。

現実を知らない愚かな息子、黒瀬家のお荷物の戯言――父が聞いたらそう馬鹿にするだろう。

上等じゃないか!

　裕二は、自分の知っている世界だけを「現実」と決めて、そこからはみ出す考えを持つ人間をすべて否定する父や兄に対して、もはや哀れみすら覚えていた。

　たとえ0・0001%の可能性しかなかろうと、挑戦してみる権利は誰にでもある。そして0・00001%の可能性とは、その一歩を踏み出す勇気がない人間も含めての数字だと、裕二は思っていた。

　その一歩を踏み出せたならば、可能性は飛躍的に上がるのだ。

「したいじゃなく、する、だ」

　コーヒーカップを受け取りながら、裕二は力強く頷いた。

「ねえ、その夢を実現するために、次に私は何をすればいいの？」

　緑が身を乗り出してたずねてきた。

「夢を実現するには、まだまだいまのお前じゃだめだ。早く金を貯めて、鼻を高くしよう。ウエストや太腿を細くするのは、金をかけなくてもインナーマッスルを鍛えたりリンパマッサージをしたり、ネットでいくらでも情報は取れる。夜の仕事をやりながら大変だろうが、頑張るしかないな。できるか？」

「もちろん、できるに決まってるじゃない。どんなに大変でも、やるよ。私のために……それから、黒瀬君のためにもね」

　緑が、はにかみながら言った。

「ありがとう」

裕二は、しみじみと緑をみた。

まだ眼しかイジってないが、別人のように魅力的になった。

自信が、緑を輝かせているに違いなかった。

「突然だけどさ、黒瀬君、しばらくここに住みなよ」

「え……」

本当に突然の提案に、裕二はすぐに言葉を返せなかった。

「仕事、クビになっちゃったから、別の部屋借りられないでしょ？　新しいバイトみつかるまで、ふたりで『強化合宿』っていうのも悪くないんじゃない？」

緑が、明るく言いつつ裕二の顔を覗き込んだ。

「でも……いいのか？」

彼女の提案は願ってもなかったが、恋人でもない男女がひとつ屋根の下に住むということに裕二は違和感を覚えた……というよりも、緑の心が窺い知れなかった。

「だって、ビジネスパートナーでしょ？　それとも、再会した昔の彼女と縒りを戻すために、一人暮らしをする？」

口元に笑みを湛えながら、悪戯っぽい顔で緑が言った。

「えっ、おい……そんなわけないだろ！　あのあとも連絡をとってないし、そもそも、そんな関係になるつもりもないし……」

「じゃあ、決まりね。だけど、私が魅力的だからって、変な気を起こしたら叩き出すからね」

おどけた口調の緑が、片目を瞑ってみせた。

「ば、馬鹿か……そんなこと、あるわけないだろ！」

「なにムキになっちゃって、鼻の穴が北島三郎みたいに膨らんじゃってるよ！」

緑が、胸の前で手を叩きソファに倒れ込み、身を捩りつつ大爆笑した。

その笑いかたがあまりにも激し過ぎて、つられて裕二も笑った。

誰かとこんなふうに、他愛もないことで心の底から笑ったのは……もう、思い出せないほど遠い記憶だった。

目尻から涙を流して爆笑し続ける緑をみた裕二の胸に、これが青春というものなのかもしれない、などと馬鹿げた思いが過ぎった。

裕二の視界――ソファで笑い転げる緑の姿が、爆笑で滲み出した涙で霞んだ。

13

六月に入り大学生活が三ヶ月目を迎えても、裕二は午後の講義独特の教室に充満した弁当の「残り香」……饐えた匂いが好きになれなかった。

月曜日の五時限目は、必修科目の「日本文学史」なので仕方なしに裕二は顔を出していた。

といっても、裕二が座っているのは最後列の窓際というやる気のない学生の「指定席」であり、気づけば舟を漕ぎ、教授の講義はまったく頭に入っていなかった。

裕二だけでなく、周囲の学生も三人にひとりは寝入っていた。

ひどい学生になると、ノートが破れるほどの涎を垂れ流し熟睡していた。

この時期になると、学生達は授業にもサークルにも慣れてきて、気が緩んだりアルバイトに力を入れたりで、寝る者が急激に増えてくる。

もっとも、やる気のある学生は前列で眼を皿のようにしてノートを取っており、「居眠り組」は裕二同様に後列のデスクに集中していた。

裕二自身も、昨夜は帰宅が遅くなり寝たのは朝方で睡眠不足だった。

緑とともに入店したキャバクラを初日でクビになった裕二は、デリヘル嬢の運転手のアルバイトをやっていた。

　事務所のある新宿のマンションから客の指定したホテルまでデリヘル嬢を送り、「仕事」が終わるまで近くで待機し、女の子が出てきたら次の客の指定したホテルに向かうというのが主な仕事だった。

　ウィークリーマンションのメイルボックスに投函されていたデリヘルのチラシに運転手募集とあったので、電話をかけてみたら相当に人手不足だったのか面接もそこそこにすぐに女の子の「送り」を命じられた。

　短い面接時間の中で店長からきつく言われた禁止事項は、デリヘル嬢と男女関係にならないこと、ホテルに入室してから十五分過ぎてもデリヘル嬢から連絡が入らない場合は部屋に様子をみに行くこと、のふたつだった。

　因みにデリヘル嬢に手をつけた場合、罰金百万が徴収される。

　入室の連絡に関してうるさく言うのは、デリヘル嬢の身の安全のためだ。

　不特定多数を相手にするデリヘル嬢は、犯罪者や変質者が待ち構えている部屋に行くこともある。

　デリヘル嬢がホテルで殺害された事件が過去にニュースで報じられたことがあるが、それは氷山の一角で、じっさいは、報道された十倍以上の被害者がいる。部屋に入るなり首を絞められたり、陰部にハムスターを入れられたり……デリヘル嬢は常に、生死に関わる危険と隣り合わせだ。

裕二は、このアルバイトを始めるまでデリヘルという職業を知らなかったので、すべてが驚きの連続だった。

それまで裕二の頭にあった風俗嬢のイメージといえば、派手、蓮葉（はすっぱ）、不良というものだった。

だが、デリヘルでバイトする女の子達は、有名私立女子大生、大手化粧品会社受付嬢、モデルなど、性風俗で働くことが信じられないタイプの女の子が普通にいた。

移動の車中でのデリヘル嬢は、客の愚痴を言い続けるか寝ているかのどちらかだった。

勤務時間は、正午から午後九時までの早番と午後九時から午前六時までの遅番の二交代制。

時給は出勤ごとに五千円が付き、一人女の子を送迎するごとに千円が裕二の手元に入る仕組みだ。昨夜は遅番だった裕二がベッドに入ったのは朝の八時近くで、二時間も眠れなかった。

とりわけ高校を卒業して大学に入るまでの春休みに免許をとったばかりの裕二にとって、街の中を車で走ることは想像以上に神経を使い、くたくたになっていたのだ。

不意に、目の前に座っているアミカが後ろに手を伸ばしてきた。

彼女の掌には、メモ用紙が握られていた。

裕二は、その紙を手に取った。

〈授業終わったら、「カモミール」にきて〉

裕二は、視線をメモ用紙からアミカに移した。

アミカは、何事もなかったかのように正面を向いたままだった。

なんの用事か気になったが、強烈な睡魔に思考が働かなかった。

今日も夜の九時から朝の六時までバイトが入っているので、仮眠を取っておく必要があった。運転が主な仕事なので、睡眠不足で集中力が散漫になることを一番避けなければならない。

抑揚なく淡々とした教授の声が鼓膜からフェードアウトし、ゆっくりと瞼が落ちてきた。

☆　　☆

カフェ「カモミール」は今日の授業をすべて終え、ひと息ついている学生達で混み合っていた。

栗色の髪に派手なメイク——窓際の席に座るアミカをみつけるのに、苦労はしなかった。

アミカの隣りには、香奈もいた。ふたりとも、ラインストーンでデコレーションされたスマートフォンをイジっていた。

「なんだよ、呼び出して」

裕二は言いながら、アミカと香奈の正面の席に座った。

「あ、ごめんごめん。ちょっと、黒瀬君に聞きたいことがあるんだ」

ディスプレイから視線を裕二に移したアミカが、言葉とは裏腹に少しも悪くなさそうに言った。

香奈のほうは、裕二がいることにさえ気づいてないとでもいうように、スマートフォンをイジり続けていた。

「あまり時間がないから、早めに済ませてくれよ」

裕二はウエイターにコーヒーを頼み、アミカに素っ気なく言った。

「緑に整形させたの、黒瀬君でしょ？」

それまでスマートフォンしかみていなかった香奈が、いきなり顔を上げて訊ねてきた。

「は？　整形？　なんの話だよ？」

裕二は、動揺を隠し惚けてみせた。

「この前、ひさしぶりに講義で顔合わせたんだけどさ、最初、誰？って思ったわよ。ねえ？」

「マジありえないほど眼がでかくなってたんですけどー」

香奈に振られたアミカが、指で瞼を押し広げながら言った。

「そうか。俺は、興味ないから」

「いい加減、惚けるのやめれば？　黒瀬君が緑となにか企んでるってこと、わかってるんだからさ。真央から、全部聞いたよ」

香奈が、鬼の首でも取ったような顔で裕二の様子を窺ってきた。

まお……一瞬、誰のことかわからなかったが、すぐに、中野駅で緑の買出しをしていたときにバッタリと出くわした伊佐美真央の姿が浮かんだ。

——黒瀬君ってさ、住まい中野だっけ？　たしか、目黒じゃなかった？

真央は裕二と同じ教育学部の国文学科のAクラスに在籍するクラスメイトで、大学一噂好きで口の軽い女だ。

あのときの真央は、裕二が提げる食材、スウィーツ、レンタルＤＶＤの入った買い物袋を、舐めるように眺めつつ噂の種を探していた。

——あのさ、緑となにかあったの？　昨日も今日も、大学に顔出してないじゃん。

女の直感なのか、真央は裕二と緑の関係を疑っていた。

「全部聞いたって、なにを？」

裕二は、動揺が顔に出ないように気をつけながら訊ねた。

「食べ物とかＤＶＤとかさ、五袋くらい提げて緑のところに向かってたんでしょ？」

「それって、新婚生活みたーい！」

アミカの言葉尻を受けた香奈が、冷やかすように言った。

たしかに真央にみられたのはウィークリーマンションで待つ緑のための買出しだが、五袋は話が大きくなり過ぎだ。しかし、裕二が緑のもとに向かったという証拠がない以上、認めるつもりはなかった。

「お前ら、なに言ってんだよ。伊佐美がなに言ったか知らないけど、あのとき俺は菊池のところなんて行ってないしな」

裕二は、余裕の表情で否定した。

真央には、緑とのツーショットをみられたわけではないのだ。

「真央だけが情報源だと思ったら、大間違いよ」

アミカが、意味深に言った。

「どういう意味だよ?」

裕二の胸に微かな不安が芽生えた。

「新宿の甲州街道沿いにある『新日本学生ローン』で、緑にお金を借りさせたでしょ?」

予期せぬ香奈の質問に、裕二は固まった。

「南新宿美容形成外科」にカウンセリングに行った帰りに、手術費用が足りずに裕二は緑に学生ローンで融資を受けさせた。なぜそれを、香奈が知っているのだ?

「驚いた? 実は、『新日本学生ローン』の社員に、私の知り合いがいてさ。『早徳大学』の学生がお金を借りにきてるって連絡があったのよ。借りた二十万、なんに使ったわけ?」

香奈が畳み掛けるように質問を重ねてきた。

「な、なんのことだよ……?」

裕二は、しどろもどろに言った。

動転する気持ちを落ち着かせ、裕二は頭を整理した。

緑が融資を受けた学生ローンに香奈の知人が働いていた――だが、裕二は、融資が断られる可能性があるので、美容整形のことは緑に伏せさせていた。つまり、緑が学生ローンで融資を受けたこと以外に美容整形云々、自分と云々の証拠はなく、あくまでも香奈とアミカの推測の範囲ということになる。

「美容整形じゃないの？」

アミカが、躊躇（ちゅうちょ）する裕二に切り込んできた。

「さあな。もしかしたら、本人が借りたお金で整形したかもしれないし、そうじゃないかもしれないし……とにかく、俺は菊池と無関係だからさ」

裕二は平静を装い言うと、運ばれてきたコーヒーに涼しい顔で口をつけた。

「まったく、私達がなんにも知らないと思って。あのさ、真央に尾けられるかもしれないって、考えなかったわけ？」

香奈の言葉に、背筋に冷たいものが走った。

「アーバンハウス中野の八〇二号室。まだ、知らないなんて言うつもり？」

「どうして、それを⁉」

思わず、裕二は訊ねていた。

「だから、真央が尾けてたんだって」

裕二は、二の句が継げなかった。

真央に尾行されていたなど、まったく気づかなかった。

「緑に整形させるために学生ローンでお金を借りさせて、ウィークリーマンションに住んで……あんた達さ、どういう関係？」

アミカが、好奇と軽蔑の色が入り混じった瞳を裕二に向けた。

「どういう関係でもないよ。ただのクラスメイトだ」

言葉とは裏腹に、裕二は激しくうろたえていた。

「黒瀬君と緑のやってることってさ、ただのクラスメイトとは言えないよ。もしかして、つき合ってんの？」

香奈の眼も、野次馬根性に爛々と輝いていた。

「つき合ってるわけないだろ。それより、話っていうのは、そのことか？」

「そうよ。変な噂が大学中に広まると黒瀬君もなにかと困るかと思ってさ」

「あたりまえだろっ。そんなでたらめ、広められたら困るよ」

「だよね？　真央はお喋りだからさ、教授達の耳にもすぐに入っちゃうよ。私達が、止めてあげよっか？」

顔を近づけてきた香奈が、声を潜めた。

「ああ、頼むよ。今度、なにか奢るからさ」

気軽な感じで言ったものの、内心、焦っていた。

教授達の間に広まるのも厄介だが、慶一の耳に入ることだけは阻止したかった。父親に決別を告げた日から一ヶ月、慶一からはまったく連絡はない。しかし、学内で噂が広がり、教授達が騒ぎ始めれば、自己保身の塊である慶一は黙っていないだろう。

「なにも奢らなくていいからさ、代わりにお願いしたいことがあるの」

「なんだよ？」

裕二は、香奈を促した。

「あのさ、黒瀬君のお兄さんってウチの政経学部を首席で卒業して、いま、政治家の秘書をやってるんだよね？」

「ああ、それがどうした？」

唐突に、香奈の口から出た兄の話題に、裕二の不快指数は上昇した。

「お兄さんの友達関係との合コンをセッティングしてほしいんだけどさ」

「黒瀬君のお兄さんの友達なら、きっと官僚とか外資系ビジネスマンとかさ、エリートが一杯いるでしょ。それで、お近づきになりたいなと思って」

香奈の言葉を受け継いだアミカが、したたかな胸の内を明かした。

「まだ一年なのに将来の青写真を描くのは早いんじゃないのか？」

裕二は、皮肉たっぷりに言った。

「なに言ってんのよ。私の周りの子達なんてさ、中学生のときから『品定め』してるんだから。みんなクラスメイトよりも、若い先生を物色してたわね」

アミカが、当然、といった表情で言った。

「女って、卑しい生き物だな」

裕二は、吐き捨てるように言った。

「あら、計画性に長けた生き物って言ってほしいわね。苦労して早徳に入ったのだって、『いい物件』と出会う確率が高くなるからだもん。だいたいさあ、男は早徳だったらモテるとか就職には有利、とか思ってるかもしれないけど、甘すぎるのよね。クラスの男どもを見てると、子供っぽすぎていやになるよ。あっ、黒瀬君は有望なお兄さんやお父さんがいるから、案外、『優良物件』かもね」

今度は、香奈が人を食ったように言った。

「まあ、学歴至上の楽観主義については同意するけど、合コンの件は断る」

裕二は、にべもなく拒絶した。

「へぇ〜、私達の頼みごとを断っていいの？　緑との関係が、大学中に広まっても知らないわよ」

アミカが、笑顔で恫喝してきた。

「真央は、歩くスピーカーだからね〜。光より速く噂が駆け抜けるよ〜。黒瀬裕二は菊池緑と同棲してて、整形させるために学生ローンで借金させて……ってね！」

香奈も、アミカに倣い直接的な言い回しで脅しをかけてきた。

ふたりとも真央のせいにしているが、自分達の「野心」のために緑の情報を材料に強請ってきているに過ぎない。

「勝手にしろよ」

裕二は冷たく言い放ち、伝票を手に立ち上がった。

「ちょっと待ってよ。緑とのこと、教授達に広まってもいいわけ⁉」

アミカが、慌てた感じで裕二を見上げた。

「私達の言うことを、きいておいたほうがいいわよ。緑との関係がバレたら、いろいろとまずいんじゃないの？」

香奈が、裕二の不安心を煽り立ててきた。

「別に。菊池とは疚しいことがあるわけじゃない。言い触らしたければ、言い触らせよ」

裕二は、少しも困らないというふうに表情ひとつ変えずに言った。

正直、緑を整形させたこと、学生ローンでお金を借りさせたことなどが大学に知られるのはまずい。下手をすれば退学になる可能性もあるだろう。

だが、ここで弱気な様子をみせてしまえば、ふたりにつけ込まれてしまう。

重要なのは、自分達が握っている秘密が、裕二にとって大して重要なことではない、と思わせることだ。もし合コンなどセッティングしようものなら、暗に整形の事実を認めることになってしまう。

引き止めようとするふたりの声など聞こえないとでもいうように、裕二は背を向け店の出口に向かった。

14

零時四十分——車は、客に指定された渋谷の道玄坂のラブホテルに向かっていた。裕二が運転手のバイトを務めるデリヘル「リップ」のナンバーワン……杏(あん)を、三人目の指名客の待つ部屋に運ぶところだった。

「もし彼女がさ、デリヘルやってるって知ったらどうする？」

ステアリングを握る裕二の背後——リアシートから、杏が突然問いかけてきた。いつもは移動の車内で仮眠を取っている杏が起きているのは珍しいことだった。

「急に、どうしたんですか？」

杏は裕二と同じ十八歳だが、敬語を使っていた。事務所の方針で、年齢は関係なく運転手はデリヘル嬢に敬語を使わなければならない決まりになっていた。

「いいから、質問に答えてよ」

杏は、高飛車だった。

それも、無理はない。「リップ」の売上の三分の一は杏の稼ぎ――つまり、彼女はドル箱デリヘル嬢だった。

「びっくりするでしょうね」

「そういうことを訊きたいんじゃなくて、別れるかどうかってこと」

杏の声は、いらついていた。

「う～ん、そうですね……別れると思います」

「不特定多数の男の人とセックスしてて不潔だから？」

その通りです――口には、出さなかった。

というより、杏の手前、出せるはずはなかった。

「いいえ。そうじゃなくて、嫉妬しちゃうと思うんですよね」

もし、緑がデリヘル嬢をしていたら……すぐに、思考を打ち消した。なぜ、このタイミングで緑を思い浮かべてしまったのか。

「黒瀬君って、彼女とかいるの？」

「いや、いません」

裕二は即答した。

ここでも、一瞬、緑の顔が浮かびかけたが、ふたたび打ち消した。

「へぇ〜意外」

「そうですか？」

「うん。イケメンだし、頭もいいしさ……ねえ、このお客で終わりだから、そのあと呑み行く？」

「え……？」

唐突な杏の誘いに、裕二は虚を衝かれた。

「前からさ、黒瀬君に興味あったんだよね。ほかの男とエッチしまくってる女はヤダ？」

「そんなんじゃないです。明日も大学で外せない講義があるんです」

「黒瀬君、大学に行ってるんだ。どこの大学？」

「早徳大学です」

「凄いじゃん。なんで、デリヘルの運転手なんてやってるの？」

「ある夢があって、お金が必要なんです」

「そうなんだ。じつはさ、私もアイリス女子大の学生なんだ。籍を置いてるだけだけどね。笑っちゃうでしょ？」

杏が、自嘲的に笑った。

「本当ですか⁉」

演技ではなく、裕二は驚いていた。アイリス女子大学は都内随一（ずいいち）の名門で、財閥家の令嬢などが通うお嬢様大学として有名だ。

「どうしてデリヘルなんてやってるんだって感じでしょう？」

ルームミラー越しの杏の眼が、悪戯っぽく三日月形に細められた。

「まあ、正直なところ」

「黒瀬君みたいに、なにか夢のためにお金を貯めるとか、そういう理由はないの。ウチの父親って地主の跡取りとかでさ、ちっちゃい頃から習い事と塾ばっかりやらされて、自分の意見なんてなにひとつ言えなかった。夕飯の献立（こんだて）も栄養士の資格を持ってるお手伝いさんが決めてたから、私が食べたい物をリクエストした記憶もないし。中学、高校、大学って、親の敷いたレールに乗っかって進んできて、あるとき、ふと、疑問を感じたの。このまま、親の言う相手とお見合いして、結婚して、子供を産んで、気づいたらいい年になっていて……ぞっとしたわ。それで親の敷いたレールと真逆の方向に進んだら、大学を休学してデリヘル嬢になってたってわけ。ギャグみたいな話でしょ？」

ふたたび、杏が自嘲的に笑った。

赤信号になり、裕二はブレーキを踏んだ。夜中で人気はなかったが、デリヘル嬢を乗せた状態で、万が一警察に止められたら厄介なことになるからだ。

杏の話を茶化す気にも非難する気にもなれなかった。

彼女の身の上話は、まるで自分の生い立ちを聞いているようだった。

「俺は、将来、プロデューサーになりたくて、いま、ひとりの女の子を女優に育ててるんです」

他人……それも風俗嬢に自分の話をしたことに裕二は軽く驚いた。

杏にならば話してもいいという気になれた。

「プロデューサー⁉ 面白そうだね！ 有名になったらさ、私も使ってよ」

冗談交じりに言うと、杏が愉しそうに笑った。

裕二の口元にも、笑みが零れた——その時、歩行者用の青信号が明滅する中、カジュアルスーツに身を包んだ中年男性と派手なワンピースを着た若い女性が寄り添いながら駆け渡っていた。

信号が青に変わり、アクセルを踏み込もうとした裕二は弾かれたように視線を、横断歩道を駆け渡ったカップルに戻し、眼を凝らした。

「嘘だろ……」

思わず、裕二は呟いた。

中年男性は神崎で、若い女性は緑だった。

背後から、クラクションを鳴らされた。

「黒瀬君、信号変わったよ」

「あ、はい……」

車を発進させた裕二の頭の中は、パニックになっていた。

なぜ、緑は神崎とアフターを……ふたりのじゃれ合うような雰囲気から察して、緑がいやいやつき合わされている、というふうにはみえなかった。

サイドミラーの中——神崎に肩を抱かれながら歩く緑の姿が、あっという間に小さくなった。

「どうしたの？　知り合い？」

杏が、後部座席から身を乗り出し訊ねてきた。

「いいえ……そう思ったんですけど、人違いでした」

平静を装ってはいたものの、裕二の脳内は大炎上していた。

「そう、さっきのふたりを凄い怖い顔でみてたから……」

「杏さん、仕事終わったら、呑みに行きましょうか？」

杏を遮った裕二は、無意識に誘いの言葉を口にしていた。

☆　　☆

「お兄さぁん……同じのお願ーい」

裕二は、呂律の回らない口調で氷だけになったロックグラスの底でテーブルを叩いた。

「まだ呑むの？　大丈夫？」

杏が、驚きと心配が入り混じった顔で訊ねてきた。

裕二は、杏の最後の客が終わったあとに事務所に車を戻し、タクシーで新宿のバー「ライフ」に向かったのだ。

「ライフ」は杏の行きつけの店で、明け方の五時まで営業している。

最初、杏から呑みに行こうと誘われたときには断った裕二だったが、深夜の横断歩道を寄り添い駆け渡る緑と神崎をみて、気が変わったのだ。

大手芸能プロのチーフ・マネージャーである神崎は、緑の素質に惚れ込みスカウトを狙っていた。

神崎が、緑が勤めることになったキャバクラの常連客だったというのは偶然だが、裕二にとっては頭痛の種だった。神崎が緑を指名している時間はふたりだけの空間であり、誰にも邪魔されることなく「スカウト活動」ができる。裕二がボーイとして勤めているならばまだしも、クビになったいま、様子を探ることもできない。

なので裕二は緑に、絶対に神崎の同伴やアフターの誘い……とくにアフターには付き合ってはならないということを言い聞かせていた。

——神崎さん？　アフターに誘われたことないよ。店にきて、趣味のゴルフの話ばっかりしてる。芸能界の話？　最近は全然。基本、仕事の話はしたくないみたいよ。

鼓膜に蘇る緑の声——あれは、嘘だったというのか？　顔色ひとつ変えずに、パートナーである自分にでたらめを言ったというのか？

「芋のロックですね？」

若いボーイが、裕二の空になったグラスをトレイに載せ復唱した。

「同じのって言ってんだろうが！」

緑のことを思い出しているうちに募ったイライラを、裕二はボーイにぶつけた。

近くの席にいたカップル客が振り返ったが、裕二と眼が合うとすぐに視線を逸らした。

「申し訳ありません……すぐにお持ちします」

青褪（あおざ）めたボーイが、逃げるようにテーブルを離れた。

「あんな言いかたしなくてもいいじゃん。ボーイさん、かわいそうだよ」

杏が、裕二を咎（とが）めた。

「これが仕事だから、別にかわいそうじゃないさ。杏さんだって、客にいやなことたくさん言われるだろう？」

「ええ、言われるわ。だから黒瀬君みたいな心ない感じの人みてると、いやな気分になるのよ」

杏が、眉をひそめて言った。

「デリヘル嬢に文句言うスケベ野郎と、俺を一緒にするのか？」

裕二は、アルコールで赤く淀（よど）んだ眼を杏に向けた。

「そんなつもりじゃないけど……」

「そんなつもりじゃなきゃ、どんなつもりなんだよ？」

自分でもいやになるほど、絡み酒になっていた。

「黒瀬君って、酒癖悪いんだね。呑みにこなきゃよかった」

杏が、失望したふうにため息をついた。

本来の裕二は、酒癖はいいほうだった。今夜が特別……緑と神崎のことが頭から離れず、裕二の精神を乱していた。

「だったら、ホテルに行こうか？　疲れているところ、悪いけどさ」

皮肉交じりに裕二は言った。

プライベートなイライラを、純粋に呑みにつき合ってくれた杏にぶつける。それも人権を蹂躙するような卑劣な言葉で傷つけて……救いようのない最低の男だ。

「は？　私が、そんなに軽い女だと思ってるわけ!?」

杏が、物凄い形相で裕二を睨みつけてきた。

悪かったと、ひと言謝り、愉しく呑み直せ。

心で、裕二を促す良心の声。

「一日に何人もの男と寝られる女が、軽くないっていうのか？」

悪酔いが、良心の声を無視した。

次の瞬間、裕二の顔に杏が赤ワインを浴びせかけてきた。

「あんたが、こんなに最低なクズだと思わなかったわ」

凍てついた声で言うと杏は立ち上がり、店をあとにした。

ひとり取り残された赤ワイン塗れの裕二に、カップル客が冷ややかな視線を向けてきた。

彼、彼女らの眼には裕二への同情は微塵もなかった。

あるのは、軽蔑と嘲りの色だけだった。

――あんたが、こんなに最低なクズだと思わなかったわ。

苦い思いとともに蘇る杏の声に、頷いている自分がいた。

裕二は、焼酎のロックを自棄(やけ)気味に呷(あお)った。

「同じのくれっ」

グラスの底でカウンターを叩く裕二に、ボーイが飛んできた。

新しい焼酎で満たされたロックグラスがテーブルに置かれる端から一気呑みをし、お代わりを繰り返した。出されては呑み干し、出されては呑み干し……酔いが深くなり意識が曖昧(あいまい)になってくるほどに、裕二の感情は昂(たか)ぶってきた。

緑は、神崎のプロダクションに行くつもりなのか⁉

なにがきっかけで、あんなに親しくなったのか？

まさか、男女関係に……。

膨張し続ける妄想――裕二は、気づいたら携帯電話を取り出し緑の番号をプッシュしていた。

コール音が一回、二回、三回……。

まだ、神崎と一緒なのか？

四回、五回、六回……。

なぜ出ない？　寝ているのか？　それとも、出られない事情でもあるのか？

疑心暗鬼と被害妄想が、猛烈な勢いで膨張した。

七回目のコール音が途切れた。

『もしもし？』

受話口から、眠そうな緑の声が流れてきた。

「いま、どこでなにやってんだよ⁉」

裕二は、いきなり送話口に怒声を吹き込んだ。

『黒瀬君？　酔っ払ってるの？』

「ああ、酔ってるよっ。俺が酔ってるから、裏切ったっていうのか？　あ？」

自分で話しているうちに、裕二の怒りは増幅した。

『裏切ったって？　私が？』

緑の頓狂(とんきょう)な声が、裕二の怒りに拍車(はくしゃ)をかけた。

「なに惚けてるんだっ。俺が、なにも知らないと思ってんのか⁉」

『だから、なんのことを言ってるのよ⁉』

緑も、いら立たしげに訊ね返してきた。

「お前、さっき、渋谷の交差点で神崎と歩いてただろう⁉」

『ああ……黒瀬君、どこにいたの？』

悪びれたふうもなく、緑が訊ね返してきた。

「車で信号待ちしてたんだよ。そしたら、お前と神崎が駆け渡ってきたってわけだ」

『アフターの帰りよ』

「アフターはするなって言ったの、忘れたのか⁉」

裕二は、怒りを押し殺した声で言った。

『忘れてないよ。アフターって言っても、彼の知り合いが渋谷にお店出したからどうしてもつき合ってほしいって言われて、それで、ちょっとだけならいいよって……だから、三十分もいなくて店を出たわ。で、そのあとタクシー拾って貰ってまっすぐ帰ってきたわ』

開き直っているのか？　それとも、本当に悪いと思ってないのか？

どちらにしても、緑からは焦った様子は伝わってこなかった。

「時間が長いとか短いとか、俺が言ってるのはそういう問題じゃないっ。どんな下心があるかわからないから、神崎とは店外で会ったらだめだと言ってたんだ！」

エスカレートする怒りに力が入り、裕二の掌の中で携帯電話が軋んだ。

『悪かったわよ……謝るから、そんなに怒鳴らないでよ。それに、神崎さんに下心なんてないから。あの人、ああみえて無邪気っていうか、子供っぽいっていうか……とにかく、変な駆け引きなんてできない人よ』

神崎の人間性を語る緑の好意的な口調が、裕二の激憤の炎に油を注いだ。

「ずいぶん、あの男のことを褒めるな？　惚れたか？　はぁ……もう、抱かれたのか？」

言ってしまった……電話の向こう側で、緑が凍てつく空気が伝わってきた。

『もしそうだとして、なんなの⁉　私は、黒瀬君とはただのビジネスパートナーで、恋人でもなんでもないわけでしょう？　私が、誰とどうなっても関係ないじゃないっ』

予想だにしなかった緑の「反撃」に、裕二は怯(ひる)んだ。

だが、ここではっきりさせておかなければ、歯止めが利かなくなってしまう。

「関係はある！　お前は、俺のプロデュースで女優になるんだ。ほかの芸能事務所のチーフ・マネージャーとおかしな関係になっていいわけないだろうが！」

立ち上がった裕二は、怒鳴ったというよりもほとんど絶叫していた。

「あの……申し訳ありませんが、ほかのお客様のご迷惑になりますので、お静かにお願いできますか……」

恐怖に顔を強張らせながらも、ボーイが裕二に注意を促した。

「うるせぇな」

裕二は財布から抜いた一万円札をボーイに放り投げた。

『じゃあ、芸能関係者じゃなきゃいいの？』

「これから女優になろうって女が、男関係はだめに決まってんだろう！」

ボーイから釣り銭を受け取り店を出ながら、裕二は自問した。

本当にそうだろうか？　緑の女優生命に悪影響のない男なら、交際を認めるだろうか？

裕二は思考を止めた。

考えても、不毛なことだ。

小雨が降り注ぐ空の下、アルコールでグルグルと回っていた頭の奥で、不意になにかが弾けた。

「整形して顔に自信がついたら、男漁り（おとこあさ）したくてしようがないってか？」

悪態のオンパレード——自分がこれほどまでに嫌な人間だということに、裕二は初めて気づいた。

『最低！』

緑が怒声を残し、電話を切った。

裕二は、雨に濡れ冷たい発信音を垂れ流す携帯電話をみつめた。

この短時間に、ふたりの女に最低と言われた。

自業自得――身から出た錆。

今夜の自分は、反吐が出るほどに最低だ。

ならば、とことんまで最低になってやろう。

裕二は、携帯電話のメモリからある女性の番号を呼び出し、通話ボタンを押した。

いまは午前三時過ぎ……電話に出なくても仕方がない時間帯だ。

裕二の予想に反して、コール音は三回目で途切れた。

「俺だ、わかるか？」

『……裕ちゃん⁉』

驚いた女性――愛美の声が、受話口から流れてきた。

☆　☆

白く柔らかな乳房に、裕二の十指が食い込んだ。

裕二の記憶より、その感触は柔らかくなっていた。

指の隙間から顔を覗かせる薄桃色の突起を口に含むと、薄く開いた愛美の唇から喘ぎ声が漏れた。

押し殺した控え目な声は、以前のままだった。

二年前——ふたりは、暇をみつけてはこうして愛をたしかめ合っていた。

愛美が妊娠し、裕二が逃げ……ふたりの関係はそこで終わった。

——どうしたの？　こんな真夜中に呼び出したりして？

待ち合わせ場所に指定した渋谷の「ドン・キホーテ」の前に現われ訊ねてきた愛美の顔は、嬉しそうだった。

——ホテル、つき合えよ。

一度捨てた女と再会し、夜中に呼び出すなりラブホテルに誘う裕二に、不快な顔ひとつみせずに、愛美は無言でついてきた。

お前は、なんてろくでなしなんだ。

心の声を振り払うように、裕二は愛美の太腿を抱え上げると潤った秘部に自らを荒々しく突き刺した。ひと際大きな声を上げ、顔を仰け反らせた愛美の白い喉が裕二の視界を眩しく灼いた。

緑のことで自棄になり、杏を誘い、うまくいかないとなれば元の彼女をホテルに連れ込むなんて、救いようのない男だな。

裕二は鼓膜から心の声を追い出し、骨盤が砕けるほどの勢いで、愛美に腰を打ちつけた。

罪悪感も良心の軋みもなにもかも、一切を焼失させるとでもいうように、裕二は激しく腰を動かし続けた。

「裕ちゃん……裕ちゃんっ、裕ちゃん！」

せつなげに叫びしがみついてきた愛美の爪が、裕二の背中に食い込んだ。

下半身に走る甘い電流が背筋を駆け抜けた――オルガスムスの波が裕二を襲った。

「み……」

唇を割って出そうな名前を、裕二の理性がすんでのところで呑み込ませた。

緑……という名前を。

15

安っぽいピンクの壁紙、薄暗いダウンライト、モニターから低く流れるBGM……生温い空気に籠る饐えた臭いが、裕二の後悔の気持ちを煽り立てた。

ヘッドボードに破かれたまま放置されているコンドームの空袋に、ベッドの下に転がっている丸まったティッシュペーパーに、裕二は心の中でため息をついた。

「突然、びっくりしちゃった……」

裕二の右腕に頭を乗せた愛美の上目遣いの甘えた視線が、後悔に拍車をかけた。

「でも、嬉しかったよ。だって、裕ちゃんとまた、こんなふうな関係になれるなんて思ってなかったから……」

裕二は、言葉をかけることができなかった。

高校二年の夏。愛美が妊娠したことがきっかけでふたりは別れた……というより、裕二が責任を逃れたのだ。

ショックを受けた愛美は手首を切った。

一命こそ取り留めたものの、愛美が心に受けた傷は生涯消えないほどに深いものだった。

二年の歳月を経て、ふたたびふたりは結ばれた。

だが、それは愛美が考えているような縒りを戻す、というのとは違う。

いや、愛美はその思いに違いない。

しかし、裕二が愛美を抱いたのは……。


——整形して顔に自信がついたら、男漁りしたくてしようがないってか？


神崎とアフターした緑に嫉妬した裕二は、デリカシーのかけらもない暴言を浴びせてしまった。

自棄……もちろん、言えるわけがなかった。

愛美に会いたくて呼んだわけではない。愛美を抱いたのは、緑へのあてつけ以外のなにものでもなかった。刹那でも、気は紛れたかもしれない。だが、そのためにひとりの女性の「純心」を踏み躙ってしまった。それも、一度ならず二度までも……。

「裕ちゃん、どうして私を？」

愛美が、甘えた声で訊ねてきた。

どうしてもなにも、本当のことなど口にはできない。

「会いたかったからだよ」

裕二は、天井をみつめながら言った。

嘘ではなかった。

やり切れない思いを忘れるために、愛美に電話をかけた。

たしかに会いたかった。

ただ、会いたい理由が、裕二と愛美とでは違った。

「なんで急に？　昔は、電話の一本も、くれなかったのに」

愛美は微笑みこそ湛えていたものの、裕二をみつめる瞳は真剣そのものだった。

「ずっと、心に引っかかっていた」

これも、嘘ではない。だからといって、いまでも愛美を好きだということにはならない。

未練よりも罪悪感――心に引っかかっているのは、愛美のことではなく過去の自分だった。


――最低！


鼓膜に蘇る緑の怒声に、頷く自分がいた。

「嬉しいよ、たとえ嘘でも」

裕二は、弾かれたように顔を愛美に向けた。

「嘘なんかじゃないよ」

「いいの。無理しなくても。緑ちゃんってコと、なにかあった？　裕ちゃん、私をみてても、その瞳に愛美は映ってない。バレバレだよ」

愛美が、努めて明るい表情で言うと片目を瞑った。

「そんなこと、ないって……」

裕二は、力なく否定した。

「いいんだって、私のことなら気を遣わなくて。心の穴埋めでも、こうして一緒にいられるだけで幸せだよ」

愛美が、泣き笑いの顔で裕二をみつめた。

「愛美……」

あまりの健気さに、裕二の胸は鷲摑みにされた。

「俺は君に、ひどいことをした。今夜だって、こんな形で呼び出した俺を……それでも、好きでいてくれるのか？」

「あたりまえじゃない。だって、私は高校時代からずっと、裕ちゃんの彼女のつもりでいたんだから」

愛美が、潤む瞳で裕二をみつめてきた。

裕二は、愛美をきつく抱き締めた。

こんなに誰かを愛しいと思ったことはなかった。

交際していた二年前にはわからなかった愛美の魅力に裕二は気づいた。

「嬉しい……」

愛美の細く華奢(きゃしゃ)な肩が小刻みに震えた。

「ごめんな……本当に、ごめん……」

子供を堕(お)ろさせたことに……。

逃げたことに……。

こんな自分を愛し続けてくれたことに……。

いろんな意味を込め、裕二は愛美に詫びた。


これは、愛なのか?

裕二は、自分自身に問いかけた。

中野のウィークリーマンションのエントランスで、エレベータの扉が開くたびに裕二は降りてくる人物をチェックした。

裕二も緑と同じマンションに住んでいるので、本当なら、待ち伏せなどしなくても部屋を訪ねればいいだけの話だ。だが、三日前に神崎との同伴を問い詰めたことで喧嘩になってしまい、それ以降、電話でさえ話していなかった。

しかも、緑と喧嘩した夜、自分は愛美と関係を持ってしまった。

緑とは恋人関係ではないので、自分が誰とつき合おうが気にする必要はないのだが、心のどこかで緑にたいして疚しさを覚えてしまう自分がいた。

だからといって、このまま連絡を取らないというわけにはいかない。

十一月の「早徳祭」の一大イベントである「ミス早徳コンテスト」に出場するまでに、鼻の整形を済ませなければならない。

すでに、コンテストへの申し込みは済ませてある。

狙うは、もちろん、「ミス早徳」の栄冠——裕二の頭に描いたシナリオは、「ミスコン」優勝を手土産に、芸能界に本格参戦させることだった。

——必ず、あんた達を見下ろしてやるよ。

「カモミール」で兄、真一に吐いた言葉を裕二は思い出していた。

裕二は、誰よりも高い景色を見渡すことができる山の頂上に立つと心に誓った。その誓いを果たすには、自信のあるプロデュース能力を活かせる世界——芸能界で活躍するのが現実的だった。

——本気で変わりたいのなら、できるだけ早く、五十万を用意しろ。それがスタートだ。約束する。俺が、なりたいお前にしてやるよ。必ずな。

アミカや香奈やホスト達に罵倒(ばとう)、嘲笑(ちょうしょう)され、歌舞伎町の路上で泣きじゃくっていた緑は、黒瀬裕二の「鏡」だった。「鏡の中の緑」を美しく、立派に、誰もが憧れる女性にすることは即ち、黒瀬裕二が誰よりも高い山の頂(いただき)に到達することを意味する。

つまり、緑を女優として成功させることは、裕二の存在価値の高さを慶一や真一にみせつける早道なのだ。

——そんなに怒鳴らないでよ。それに、神崎さんに下心なんてないから。あの人、ああみえて無邪気っていうか、子供っぽいっていうか……とにかく、変な駆け引きなんてできない人よ。

キャストと指名客としての時間を重ねるうちに、緑の神崎にたいしての好感度は上がっている。どんな会話を交わしているのかは知らないが、芸能界にどっぷりと浸かっている神崎にとって、素人の小娘の信用を勝ち得る誠実で無邪気な男性を演じるくらい朝飯前のはずだ。

——馬鹿なガキだ。お前がその気なら、俺も好きにさせてもらう。菊池緑を、ガンガン口説かせてもらうよ。別に問題ないだろう？　お前と専属契約を結んでるわけでもないしな。つまり、菊池緑はフリーってことだ。話は終わりだ。

初めて神崎と接触したときの「宣戦布告」が、裕二の脳みそを粟立たせた。

たしかに、神崎の言うように自分と緑は専属契約を交わしているわけでもない。緑さえその気になれば、神崎の事務所の所属タレントになることも可能だ。

そう、いまの神崎は、店に足繁く通い、緑の警戒心を解きコミュニケーションを深めることに心血を注いでいるに違いない。

このままでは、緑の心は裕二から離れてどんどん神崎に傾いてしまう。

芸能界での成功どころか、「ミスコン」への出場さえ危ぶまれる。

裕二は、携帯電話のディスプレイに視線を落とした。

デジタル時計は、16：48と表示されていた。

緑はオープンの七時からの出勤なので、ヘアメイクの時間を考えると五時には家を出なければならない。いつも通りならば、あと十分くらいで現われるはずだ。

そう考えている矢先、エレベータのランプのオレンジ色が上昇し、緑の部屋がある八階で止まった。

ランプが下降するにつれ、裕二の鼓動が緊張に高鳴った。

扉が開き、エレベータから降りてきた緑の顔が裕二を認めて微かに強張った。

「話がある」

「いまから出勤なの。時間ないわ」

緑は足を止めずに素っ気なく言うとオートロックを抜け、マンションの外へ出た。

「五分でいいから」

裕二は、緑の腕を摑んだ。

「なによ？　早くして」

緑が眉間に皺を刻み、不機嫌そうに言った。

「その……なんて言うか、この前は、悪かったたな」

照れ隠しもあり、裕二の物言いはぶっきら棒なものになった。

「あんなひどいこと言っておきながら、いまさらなによっ」

　想像通り、緑の怒りは相当なものだった。

「言い訳にはならないが、あのとき、かなり酔ってて……」

「だからって、言っていいことと悪いことがあるでしょう⁉」

「言い過ぎたことは謝る。酔っていたとはいえ、本当に最低なことを言ってしまった。だけど、神崎について言ったことはすべて本当だ。菊池。トップ女優になっていままで馬鹿にしてきた奴らを見返してやるっていう俺との約束、忘れたのか？」

　裕二は、緑を刺激しないよう、慎重に言葉を選びながら訊ねた。

「忘れてないわ。私は黒瀬君を裏切った覚えもないし、疚しいこともしていない。ただ、神崎さんのこと、あんまり悪く言うから、そんな人じゃないよ、って教えただけなのに」

　緑が、不満げに言うと裕二を睨みつけた。

「店で何回か話したくらいで、神崎のことをわかったふうになってるところが心配なんだよ」

「黒瀬君よりは、知ってるわよ」

「なあ、菊池。十一月には『ミスコン』がある。それまでに鼻も済ませとかなきゃならないし、ダイエットも進めなきゃならない。神崎に振り回されてる場合じゃないんだ。わかってくれ」

裕二は、懇願するような口調で言った。

「私を振り回してるの、黒瀬君のほうじゃないっ」

突然、語気を強めて緑が言った。

「俺がお前を振り回す？」

裕二は、自分の顔を指差しながら訊ねた。

「惚けないでよ。この前、女の人が大学にまできたんだから」

「え？　誰がきたって？」

裕二は訊ね返した。

瞬間、緑がなにを言っているのか意味がわからなかった。

「高校生の頃の恋人……愛美とかいう女の人よ！」

緑の叫びが、裕二の心臓に突き刺さった。

「愛美が⁉」

裕二の声はみっともなく引っくり返った。

「黒瀬君に呼び出されて、ホテルに誘われたと言ってたわ」

「な……」

裕二の頭は白く染まり、言葉を失った。

「そういうことだから手を出さないでって……わざわざ、それだけを言うために二時間も正門のところで待ってたんだってさ」

緑が、冷めた眼で裕二を見据えた。

まったく、予想だにしなかった。まさか、愛美が緑を訪ねて「早徳大学」に行くとは思わなかった。

甘かった、浅はかだった、迂闊だった。

自暴自棄になり、自分で自分の首を絞める愚行を働いてしまった。

「まさか、信じたのか?」

気息奄々の平常心を掻き集め、裕二は瞳が泳ぎそうになるのを堪えて緑をみつめた。

嘘はいけないことだとわかっていた。

だが、認めるわけにはいかない。下手をすれば、せっかく築き上げたものが一気に崩壊してしまう。

嫉妬した挙句に昔の恋人とふたたび関係を持ってしまい、それが原因で芸能プロデューサーへの道が絶たれる――慶一や真一が知ったら、きっとこう言うだろう。

やっぱり愚かな奴だ、と。

それだけは、絶対に避けなければならない。

「だって、わざわざ、そんな嘘を吐く意味がないじゃない」

緑は言うと、中野駅に向けて足を踏み出した。

彼女の返答に、裕二は微かな突破口を見出した。

「あるさ。愛美が俺と縒りを戻したがっているのは、この前、カフェの前で揉めたときにわかっただろう？　嘘を吐いてまで、俺と菊池の仲を険悪にしようと思ったのさ」


お前は、なんて最低な男だ。


憂さ晴らしに愛美の想いを利用して肉体関係を持つことも……。

緑との関係を壊したくないために嘘を吐くことも……。

自分の夢を守るために愛美を悪者にしたことも……。


いつから、そんな腐った人間になってしまった？

「それにしたって、そんな具体的な嘘まで吐くかしら？」

緑が、懐疑的な色を宿した瞳を向けてきた。

「お前、キャバクラで働いてるんだろう？　目的のためなら、嘘なんて屁とも思わない女はいくらでもいるだろうが」

最低な男で結構——腐った人間で結構。裕二が打って出ようとしている芸能界には、こういう「人種」がうようよいるのだ。

「まあ、それはそうだけどさ……でも、どうやって、黒瀬君を信用すればいいの？」

「俺のことを、信頼してないのか？」

ここで一気に押し切れる……もうひと息だ。

不意に、緑の源氏名を呼ぶ声がした。

「サラちゃん」

裕二は、声のほうを視線で追った。

褐色の肌、薄い黄色のレンズのサングラス——エメラルドグリーンのシャーベットカラーのジャケットを着た神崎が、駅前の自動券売機の前で無邪気な笑顔で手を振っていた。

「今日は、神崎さんと同伴なの。私のこと信頼してれば、大丈夫よね？　じゃあ、話の続きは夜ね」

裕二の言葉を逆手に取った緑が、悪戯（いたずら）っぽく片目を瞑り神崎のほうへと小走りに駆けて行った。

整形してから、それもキャバクラで働くようになってからの緑は、表情や仕草が短期間で垢抜けた。単に眼を二重にしたからとかの表面的な問題ではなく、自信がついたという精神面の成長も大きいに違いない。

もちろん、ビジュアル面も磨かれていた。

一日の飲食物をメモに取り、カロリー表をつける。

摂取カロリーを一日千三百キロカロリー以内に抑える。

炭水化物は白米のみで、パスタ類やパン類は吸収し過ぎて脂肪がつきやすくなるので摂らない。

店ではアルコールはもちろん、炭酸飲料は飲まずにウーロン茶だけにする。

起床したら五キロのウォーキングをする。

裕二がネットや書籍で様々なダイエット法を調べた結果、エステティックサロンなどに頼らずとも日常生活においての食事管理とウォーキングを規則正しく続けていれば、個人差はあるが三ヶ月で十キロは落とせるらしい。

最終的にエステティックサロンに行くとしても、事前に自主ダイエットをしているのといないのとでは、効果が出るスピードに雲泥の差があるという。

裕二の組んだダイエットメニューを地道に続けてきた成果なのか、緑の輪郭……とくに顎のラインがシャープになってきた。

アミカや香奈に馬鹿にされていた当時の暗く陰気な緑と、同一人物とは思えなかった。

愛美も女性としてはかわいいほうだったが、いまの緑には敵わない。

というよりも、魅力の質が違うのだ。

芸能人と一般人では、求められる魅力が異なる。

顔立ちが整い、スタイルが抜群の素人女性がいたら間違いなくモテるが、芸能界で成功するかと言えばほとんどがノーだ。一般人なら、単にルックスがいいだけでチヤホヤされるが、それが派手な顔立ち……俗にいうケバい顔立ちだったり、外国人のような彫りの深い顔立ちだったりすれば、芸能界受けしない。

業界関係者受けするのは……芸能界、とくに映画やドラマのプロデューサーが好むのは、いろいろな色に染めることのできる未完成な顔立ちであり雰囲気を持った少女である。

どんなに美しくても、水商売的だったり、モデル的だったりの完成されたビジュアルを業界関係者は歓迎しない。

キャンバスでたとえれば、どんな絵、どんな色でも描き込める真っ白な状態——業界関係者はそれを透明感と表現することが多い。

日々、芸能人オーラを身につけ成長する緑の姿を本来ならば喜ぶべきなのに、裕二の胸にはなぜか複雑な思いが去来していた。

緑が自分の手から離れてゆくのではないかという不安と焦りが、裕二をそんな気持ちにさせているに違いなかった。

神崎が緑になにか言い残し、裕二のもとへ駆け寄ってきた。

「よう、久しぶりだな。学生プロデューサーさん、元気か?」

息を弾ませた神崎が、人を食ったように言った。

「彼女にお金を落としてくれるお客さんということは、俺の夢にも協力してくれてるわけですから、お礼を言いますよ。いつも、サラを指名してくださりありがとうございます」

裕二は、精一杯冷静さを保ち、皮肉交じりに言うと慇懃に頭を下げた。

「礼なんていらないって。サラ……いや、菊池緑はいずれウチの事務所にくることになる。俺のためにやってることだよ」

神崎が、薄い唇の片端を吊り上げた。

「彼女にかぎって、それはありませんよ。俺との約束がありますからね」

裕二は、ジーンズのヒップポケットに手を忍ばせつつ言った。

「やっぱり、甘ちゃんの学生だな。サラは、お前が思っているより俺を信頼している。信頼してもらえるように、努力したからな。無邪気で純粋な、少年のような男……それが、俺が菊池緑を落とすためにチョイスした役だ。神崎さんって、まっすぐで裏表のない人なんですね、だってさ。ガキを誑かすくらい、ちょろいもんだ」

神崎が、嘲笑した。

やはり、裕二が思っていた通りの男だった。純粋な意味で緑に会いに店に通っているわけではなく、「野望」のためだったのだ。

遠くからこちらの様子を窺っている緑に、神崎は背中を向けていた。

神崎の悪魔のような酷薄な笑い顔を、緑にみせてやりたかった。

「じゃあ、俺、用事があるんで、これで失礼します」

裕二が言うと、神崎が拍子抜けした顔になった。

あまりにもあっさりと立ち去ろうとしているのだから、神崎がそうなるのも無理はない。

ここで神崎とどれだけやり合っても、彼は引き抜きを諦めないだろうし緑にはまっすぐな男を演じ続けるだろう。裕二が神崎の正体を言ったところで、この前のように喧嘩になるのが落ちだ。緑の眼を覚まさせるには、決定的な証拠を突きつけるしかない。

「負けを認めたか？」

背を向けて立ち去る裕二を、神崎の優越感に満ちた声が追ってきた。

裕二は振り返らず、左手を軽く上げた。

ヒップポケットの中に入れた右手は、携帯電話のボイス録音のスイッチを切った。

16

「さて、来週から前期末試験だが、悔いのないようにするためにも、気を抜いて酒を『クイッ』と呑んだりするんじゃないぞ。悔いのないように、『クイッ』とな」

粘土にヘラで切れ目を入れたような細い眼、角張ったエラ――ベンガルが、講義の締めとばかりに三度の飯より好きな駄洒落を口にした。究極の自己満足――相変わらずのクオリティの低さに、もはや学生からは失笑さえ起きなかった。

今日、木曜の四時限目は教育学部国文学科の必修科目……「語学と文化」の講義が行われていた。

ベンガルが言った通りに、来週、七月に入ってすぐに前期末試験が始まる。

ここである程度の成績を残しておかなければ、単位が取れなくなるので普段出席率の低い学生も講義に顔を出す。

裕二は、「指定席」――最後列の長机の窓際に陣取っていた。

香奈とアミカは裕二の前列に座っていたが、この前揉めたこともあり、まったく話しかけてこなかった。

キャバクラで働き始めてからあまり大学にこなくなった緑は、裕二を避けるように後ろから二列目の長机の廊下側の席でノートを取っていた。

――黒瀬君に呼び出されて、ホテルに誘われたと言ってたわ。

「早徳大学」まで押しかけた愛美は、裕二との「一夜」を緑に暴露(ばくろ)した。

――まさか、信じたのか？

いきなり緑に切り出された裕二は内心の動揺を隠し、一笑に付してみせた。

「ミス早徳コンテスト」の開催される十一月まで、あと四ヶ月。緑とともに芸能界に殴り込む手土産に、是が非でも「ミス早徳」の称号がほしかった。

業界に菊池緑を売り込むにしても、ただの女子大生とミスコン優勝者の冠があるのとでは、話題性が違う。

ビジュアルがいいだけの女の子など、芸能界には掃いて捨てるほどいることだろう。テレビ局のプロデューサーや映画監督の眼に留まるには、わかりやすい「肩書き」が必要だ。

たとえば、小説家でも、「元ホームレス」「現役キャバ嬢」「売れっ子芸能人」などの肩書きがあれば、出版社としても無名の新人より売りやすく、じっさい、話題になる可能性が高い。

芸能界も同じだ……というより、出版界よりももっとあからさまだ。

「カリスマ読者モデル」「美人女医」「美少女アスリート」「東大卒タレント」……各芸能事務所は、売れるタレントを輩出するために様々な付加価値をつけることに懸命だ。

とりわけ芸能界において「ミス早徳」の称号は他のミスコンに比べても話題性が高い。

その理由の一つに「ミス早徳コンテスト」の徹底的な透明性が挙げられる。

「ミス早徳コンテスト」の最終審査は千五百人が収容できる大学最大の会場「早徳記念講堂」で開催される。

厳重な管理下で行われるネット上での第一次審査はもちろん、当日は組織票などの不正が行われないように、来場者から無作為に選ばれた三十人が審査員となるほどの徹底ぶりだ。

そのため、「ミス早徳」の栄光に輝いた人は、他の大学のミスに比べて格段に優遇されたデビューが約束されているのだ。

裕二の夢を叶えるには、緑を芸能界で通用する「高く売れる商品」にしなければならない——「ミス早徳」の称号は不可欠であった。

だが、裕二の夢を妨害する男——神崎の存在が頭痛の種だった。

昨日も、緑と店に同伴出勤するために神崎は中野駅にまで迎えにきていた。

愛美の話の続きを緑が帰宅してからする予定だったが、午前三時を過ぎても戻ってこなかったのでできなかった。

昨夜も、神崎とアフターに行ったのだろうか？

本当に、ふたりの間にはなにもないのか？

もし、男女の仲になってしまえば、その時点で勝敗が決してしまう——すべての苦労が、水泡に帰してしまう。

いまは緑の言うように大丈夫でも、このまま行けば先はわからない。


——やっぱり、甘ちゃんの学生だな。サラは、お前が思っているより俺を信頼している。信頼してもらえるように、努力したからな。無邪気で純粋な、少年のような男……それが、俺が菊池緑を落とすためにチョイスした役だ。神崎さんって、まっすぐで裏表のない人なんですね、だってさ。ガキを誑かすくらい、ちょろいもんだ。

昨日、神崎の口から出た言葉は、裕二の不安が的中していることを証明していた。

やはり神崎は、緑を口説き落として自分の事務所に入れようと企んでいた。

店に通い詰め、誠実な男を演じているのも、緑という「金の卵」を手に入れるためだ。

だが、そうはさせない。

裕二は、携帯電話に視線を落とした。

あのとき神崎が裕二に喋ったことは、すべて携帯電話に録音していた。

卑劣だろうと姑息だろうと構わない。神崎の魔の手から守るためなら手段は選ばないつもりだった。

裕二は、ノートを取り続ける緑の横顔をみつめた。

視線に気づいているだろうが、緑は裕二に顔を向ける気配もない。


お前の気持ちは、どこに向いてる？


裕二は、心で緑に問いかけた。

どうしようもないせつなさが、裕二の胸を鷲摑みにした。

このせつなさは、いったい……。

裕二は、慌てて思考を止めた。

どんなに考えても、無意味なことだ。

もし……万が一、そうでないとしても、愛美を抱いた自分にはもうその資格はなかった。

☆　☆

「ごめんね、昨日は帰り遅くなっちゃったから、寝てるだろうと思って」

大学から少し離れた、隠れ家的カフェ「シェ・ヌー」の薄暗い店内に現われるなり、片目を瞑った緑が顔の前で手を合わせて詫びてきた。

そんな仕草も様になるほど、この短期間で緑は洗練され垢抜けた。

整形して美しくなった——大前提に、たしかにその事実はある。

だが、物理的変化ばかりが理由ではない。

美しくなれば、男性の視線が変わる。

美しくなれば、男性のかけてくる言葉が変わる。

美しくなれば、男性からの扱いが変わる。

男達の視線が、言葉が、扱いが、緑に自信を与えたに違いない。

「ああ、今日は必修科目だったから、俺も早く寝たしな」

本当は、あれやこれやと邪推して明け方まで眠れなかったことは悟られたくなかった。

「私は、ミルクティーください」

「あれ？　菊池、レモンティーが好きなんじゃなかったっけ？」

ウエイトレスに注文する緑に、裕二は訊ねた。

「私、本当はさ、レモンティーよりミルクティーのほうが好きなんだ」

「じゃあ、なんでいつもレモンティーを頼んでたんだよ？」

「あのね、前に、青山のカフェに入っているときに、すごくカッコいい女の人がいてね。三十くらいだったかな、髪の毛を後ろにまとめてサングラスをかけててさ。多分、モデルさんかなにかだと思うんだけど、読んでいた英字新聞から眼を離して、レモンティーね、って注文している姿がスマートっていうかスタイリッシュっていうか、あ、こういう人がかっこいい大人の女性っていうんだなって……それから、ずっとレモンティーを頼むようになったの。味は、ミルクティーのほうが好きなんだけどね」

緑が、照れ臭そうに舌を出した。

「お前、子供みたいなところあるんだな」

裕二の口もとが、自然に綻んだ。

こんなふうに他愛もない会話をするのも悪くはないな、と裕二は思った。

レモンティーよりミルクティーのほうが好き――些細なことかもしれないが、それだけ緑が裕二に対して心を許している証拠でもある。

だが、今日、呼び出したのは、ふたりでほのぼのするためではない。

「ところで、今日は、愛美って女のコとなにもなかったって説明してくれるんだっけ？」

緑が、明るい口調で核心に切り込んできた。

「ああ、そうだったな。愛美がなにを言ってきたか知らないが、疚しいことはなにもない。俺を、信じられないのか？」

裕二は、罪悪感が爪を立てる心から視線を逸らした。

「もちろん、信じたいよ。だけど、彼女の眼が嘘を吐いているとは思えないの。女の勘ってやつかしらね」

「女の勘って……勘弁してくれよ。女なんて、いくらでも演技できるんだからさ。俺とお前の関係を壊すためなら、なんだってやるだろう」

自分こそ、緑との関係を壊さないためになんだってやる男ではないのか？　現にいまも、高校時代に自殺未遂にまで追い込むほどに傷つけた愛美を、嘘つき呼ばわりしている最低の人間だ。

「私と黒瀬君の関係って？」

訊ねてくる緑は、愉しんでいるようにみえた。

こういう仕草ひとつを取っても、女としてずいぶんと余裕ができたものだ。キャバクラで働いていることも、彼女が自信をつけたことと無関係ではないだろう。

「恋人ってこと？　エッチどころか、キスもしてないのにね」

緑が、悪戯っぽい顔で言った。

「ば、馬鹿、そんなんじゃないって。芸能界を目指すタレントとプロデューサーとして……」

「冗談よ、冗談。わかった、信じるわ」

おかしそうに、緑が笑った。

「お前のほうこそ、本当に大丈夫なんだろうな？」

裕二は、娘の交友関係に苦言を呈する父親のような口調で訊ねた。

「神崎さんとのこと？」

「ああ、もちろんだ」

「黒瀬君が考えているような男女関係はないわ。ただ……」

言い淀む緑に、裕二の心に暗雲が垂れ込めた。

「ただ……なんだよ？」

「正直、事務所にきてほしいとは言われてるの」

「だろうな。奴は、それが目的で店に通い詰めているわけだからな。で、まさか、迷ったりしてないよな？」

訊ねる裕二に、緑が俯いた。

「おいおい、どうして黙ってるんだよ!?　もし、神崎の事務所に行こうなんて考えてるなら、俺への裏切りだぜ？」

「わかってる……裏切る気なんてないよ。こうやって自分に自信が持てるようになったのも、黒瀬君のおかげだし……。ただ、神崎さんも純粋にまっすぐに向き合ってくれて、私の才能を最大限に活かしたいって言ってくれて……。損得抜きに私に接してくれる彼をみていたら、無下に断れなくてさ」

顔を上げた緑が、悩ましげな表情で言った。

いやな予感は、現実のものとなった。

想像以上に、神崎は緑の心に食い込んでいた。

「これを聞いてくれ」

裕二は、携帯電話をテーブルに置きボイスメモを再生した。

『やっぱり、甘ちゃんの学生だな。サラは、お前が思っているより俺を信頼している。信頼してもらえるように、努力したからな。無邪気で純粋な、少年のような男……それが、俺が菊池緑を落とすためにチョイスした役だ。神崎さんって、まっすぐで裏表のない人なんですね、だってさ。ガキを誑かすくらい、ちょろいもんだ』

携帯電話のスピーカーから流れる神崎の声に、緑の顔色が変わった。

「なによ……これ……？」

緑が、掠れた震え声で訊ねてきた。

「昨日の夕方、同伴前に中野駅で神崎が俺のところにきて話したことを隠し録りしたのさ。これが、奴の本性だ」

「最低の男……」

「ああ、まったくだ」

「黒瀬君、あなたのことを言ったのよっ」

緑が、赤く充血した眼を見開き裕二を睨みつけてきた。

「俺が⁉」

予想外の言葉に、裕二はうろたえた。

「そうよっ。隠し録りなんてしてさ、恥ずかしくないの⁉　そんなの、盗撮してるのと同じじゃない！」

語尾を震わせ、緑は裕二に詰め寄った。

その態度に気圧されそうになりながらも、裕二は冷静を装い答えた。

「たしかに、胸は張れないと思う。だけど、わかってほしいのは、お前を守るためなんだ。芸能界は、平気で人を利用し、騙すような奴ばかりいる場所だからな」

「本当に、私のため？　芸能界で成功して親を見返したい……黒瀬君、そう言ってたよね？　自分の夢を叶えるために、私が必要なだけじゃないの⁉」

訝しげな表情で、緑が問い詰めてきた。

「そうさ」

あっさりと、裕二は認めた。

「黒瀬家の落ち零れ、黒瀬家の恥曝し、黒瀬家の失敗作……実家での俺は、屈辱の毎日だった。いまにみてろ……その思いをエネルギーに、今日まで生きてきた。俺にできることはプロデュースだ。売れっ子スターを作って、名プロデューサーと呼ばれるようになり、俺を馬鹿にしてきた親父や兄貴にもうなにも言わせない。そう誓った。そのためには、いい素材が必要だ。俺の夢を達成するには、菊池緑の力が必要だ。それは事実だ。でも、誤解してほしくないのは、俺の夢を実現するっていうことは、同時にお前の夢も達成するってことなんだ」

もしかしたなら、緑に絶縁されるかもしれない。

だが、偽りを口にする気にはなれなかった。

というより、小手先でごまかしたところで、緑とはこの先、何年……いや、十数年ともに芸能界という荒波を乗り越えてゆかなければならないのだ。

万が一、真実を伝えたことで壊れる関係ならば、どの道、長続きしない。

本当の意味での運命共同体というのは、なにがあっても揺るがない鉄の結束だ。

それだけではない。綺麗事だけでは生きてゆけないという厳しさを、「パートナー」に伝えておきたかったのだ。

「なんだかすっきりしないけど、黒瀬君の気持ちはわかったわ。だけど、神崎さんが裏でこんなことを言ってるなんて……私、人間不信になりそうよ」

緑が、運ばれてきたミルクティーに虚ろな視線を落とし、ため息を漏らした。

「芸能界には、ああいう二枚舌がごろごろしている。これくらいで人間不信になっていたら、キリがないぞ」

「そうね。私、芸能界に向いてないのかな……」

神崎のことが相当にショックだったのか、緑の口から出るのは弱気な言葉のオンパレードだった。

「そんなことないよ。誰だって、最初はそんなもんだ。それより、やらなきゃならないことが山とある。『ミスコン』まであと四ヶ月しかない。金もできたことだし、早くここをやらないとな」

裕二は、自分の鼻を指しながら言った。

「私、やった人の感想をネットの掲示板とかで読んだんだけど、相当ヤバいみたい」

緑が、声をひそめた。

「ヤバいって？」

「シリコンインプラントを入れるために、鼻の穴から鉄のヘラ突っ込んで眉間の骨を平らに削るみたいなんだけどさ、それが、地獄の痛みなんだって。隆鼻術って、眼のときとは比べ物にならないほど大変みたい。私、怖いわ」

「なに言ってるんだ。お前、綺麗になりたいだろ？」

「もちろん。でも、昔に比べたらよくなったし、いまのままでもとりあえずいいかなって思うんだよね」

緑が、親の顔色を窺う幼子みたいな眼を向けてきた。

たしかに緑は、いまのままでも、男達の視線を集めるだけの美貌を手に入れた。

しかし、まだだ。

薔薇は美しい。だが、「ミスコン」で優勝するには、その美しい薔薇の中でさらに美しい薔薇でなくてはならない。

芸能界で成功するには、「ミスコン」優勝の比ではない。薔薇だけでなく、ナンバーワンの胡蝶蘭も咲いていれば、ナンバーワンのひまわりも咲いている。それぞれに違う魅力を持った様々な花達が美しさを競い合う……それが、芸能界だ。

「自惚れるな。お前程度にビジュアルに自信のある女はごろごろいる。びっくりするようなモデル級の美人でも埋もれてしまうハイレベルな世界が芸能界というところだ」

裕二は、厳しい口調で窘めた。

「そんな怖い顔しないでよ。わかってるけどさ、やるのは私なんだから。そりゃ、黒瀬君はやらないんだから気楽なこと……」

「あら、きれいな女優さんがいると思ったら、緑じゃない」

緑の言葉を遮る声――出入り口付近に、香奈とアミカが立っていた。

「まあ、黒瀬君まで。この店で、二人は愛を確かめ合っていたのね」

アミカが、茶化すように言いながら歩み寄ってきた。

「構わないでくれる⁉」

緑が、眉間に縦皺を刻みアミカに嫌な顔を向けた。

「は？　あんた、顔だけじゃなく性格も変わったわけ？」

香奈が、片方の眉を下げて緑を睨みつけた。

「私はいま、黒瀬君と大事な打ち合わせをしているの。邪魔しないで」

動じたふうもなく、緑が香奈を睨み返した。

「ほんと、あんた、偉そうになったわね？　地味でブスだったくせに、整形でちょっとみられる顔になったからって、そんな態度していいと思ってるわけ⁉」

目尻を吊り上げ、香奈が緑に詰め寄った。

周囲の客達の視線が集まった。

「そうよ！　いまはマシになっても、もともとはブスなんだから、勘違いするんじゃないわよ！」

アミカが、緑の肩を小突いた。

まずいことになってきた。ただでさえ、鼻の整形に後ろ向きになっている緑に、香奈とアミカの侮辱的な暴言はダメ押しになってしまう。

完璧になるには、フェイスラインやボディラインなど、手を入れなければならないところがまだまだあるが、なにはともあれ最優先しなければならないのは鼻だ。

フェイスラインやボディラインに関してはメイクや髪型、ダイエットである程度ごまかすことができるが、緑の肉厚の鼻はそういうわけにはいかない。

「おい、お前ら、絡むのやめろ……」

裕二の声に、乾いた衝撃音が重なった。

緑が、鬼の形相で席を立っていた。

「なにすんのよ！」

頬を押さえたアミカが、反対側の手で緑に張り手を飛ばした。

緑が、頬に当たる寸前のところでアミカの手首を摑んだ。

「ねえ、あんたら悔しいんでしょう？　ドッグショーに紛れ込んだ肥った雑種犬とか、豪邸のリビングにきれいに飾られたボロ雑巾だとか言って見下していた私がどんどん綺麗になって注目されていくのが！　私ね、今年の『ミス早徳コンテスト』に出るわ。そして、絶対、『ミス早徳』になってみせる。次は、あなた達が私の添え物になる番よ！」

いまの自分への、絶対的な自信——いや、違う、これは緑の決意であり、アミカと香奈に対する宣戦布告だ。

「はあ⁉　ミスコン？　調子に乗るんじゃないわよ！　あんたなんか予選で敗退するのが落ちよ。そもそも整形しないと綺麗になれないような子がミスコンだなんて、呆れてものが言えないわ。あんたにはミスコンに出る資格なんてないのよ！」

緑の反撃に一瞬たじろぎながらも、アミカは摑まれた手首を振り払い、嘲るように言い返した。

まずい。ここで緑がミスコンに出るために整形した、なんて噂が広まったらネット上で行われる一次審査への影響はもちろん、ヘタをすると静観している慶一や緑の父親が怒鳴りこんでくる可能性すらある。

この危機をどうやって切り抜けるか——裕二が頭の中で様々なシミュレーションをしていると、緑の口から思いがけない言葉が吐かれた。

「ねえ、怖いんでしょ、私がミス早徳になるのが。そして自分達が添え物になるのが。だからミスコンに出る資格がないとか脅してくるんだ。ほんとうにやることがダサいよね」

「なっ、ふざけるんじゃないわよ！　私が怖がってる？　これ以上、調子にのると……」

激昂したアミカの手がふたたび緑の頬に近づいたその瞬間——緑はその手を振り払い、アミカの眼を見据えて言い放った。

「あんたら、ふたりとも『ミスコン』に立候補しなよ。私が、叩き潰してあげるから」

「はぁ⁉　なに言ってるの⁉　いくら顔をイジって少しはマシになったとはいえ、あんたが、私達に勝てると思ってるの⁉」

香奈が、屈辱と憤怒に顔を紅潮させた。

「だから、出るの？　出ないの？　ま、私に負けるの怖かったらやめてもいいけどさ」

　ふたりを交互に見ながら、緑が勝ち誇ったように言った。

「図に乗ってんじゃないわよ、ブス！　出てやるわよっ。その代わり、負けたほうは大学辞めるっていう条件、呑みなさいよね！」

　アミカが、緑に人差し指を突きつけた。

「ええ、いいわよ。いま言ったこと、忘れないでね。私が優勝したら、あなた達ふたりが辞めることになるんだから」

　緑は、薄笑いを浮かべながら、アミカと香奈を交互に見据えた。

「あんたこそ、覚えておきなよ！」

「死ねっ、ブス！　せいぜい、顔でもなんでもイジって足掻（あが）くといいわ」

　ふたりとも捨て台詞（ゼリフ）を残し、結局、席に着くこともなく店をあとにした。

「おい、あんな賭けをして、大丈夫なのか？」

　腰を下ろし、何事もなかったように涼しい表情でミルクティーのカップを口もとに運ぶ緑に、裕二は訊ねた。

「黒瀬君、行こう」

「どこに？」

突然、伝票を手に立ち上がった緑を、裕二は疑問符の浮かぶ顔でみつめた。

「ここのカウンセリングよ」

緑が、自分の鼻を指差した。

「どうした？　急に？」

「黒瀬君が、やったほうがいいって言ったんじゃん」

「そうだけど、嫌がってただろ？」

「絶対に、あの女達に負けたくないの……ううん、誰にも、負けたくない。とりあえずは、『早徳大学』でナンバー1を目指して……」

言葉を切った緑は、唇を引き結び、裕二の瞳を射貫くようにみつめた。

裕二は無言で頷くと、緑の手から伝票を奪い、レジに向かった。

17

緑との待ち合わせ場所――靖国通り沿いのガードレールに腰かけた裕二は、道行く人々をぼんやりと眺めていた。
つい一、二ヶ月ほど前まで、アスファルトが溶け出しそうな猛暑日が続いていたことなど忘れたとでもいうように、カーディガンを羽織っている人やセーターを着込んでいる人の姿が眼につくようになった。

裕二も、このあいだまでTシャツで過ごすことが多かったが、いまは長袖シャツにジャケットという出で立ちだった。

十一月に入ったとたん、朝晩の冷え込みが厳しくなった。

そうこうしているうちに、すぐに今年も終わってしまうのだろう。

年月の流れは、早いものだ。

だが、師走の慌ただしさを迎える前に、裕二達には大勝負が残っていた。

「いよいよだ」

裕二は、雲ひとつない青空を見上げ、独りごちた。

明日は、「ミス早徳コンテスト」が行われる。

この日を目指して、緑と二人三脚でやってきた。

ウィークリーマンションでのひとり暮らし、二重瞼と鼻の手術、ダイエット、手術費稼ぎのキャバクラ勤め――ときには激しく衝突し、ときには泣かせたこともあった。

美しくなって、自分を馬鹿にしてきた者達を見返してやりたい、という緑の想い。

地位と名誉を得て、自分を馬鹿にしてきた者達を見返してやりたい、という裕二の想い。

ふたつの強い想いがリンクし、数々の苦難を乗り越えることができた。

「ミスコン」での優勝は裕二と緑の悲願であり、次のステップに行くためにも絶対に成し遂げなければならないものだ。

——あんたら、ふたりとも『ミスコン』に立候補しなよ。私が、叩き潰してあげるから。

四ヶ月前——カフェ「シェ・ヌー」の店内で、アミカと香奈に向けて放った緑の言葉が裕二の脳裏に蘇った。

——図に乗ってんじゃないわよ、ブス！　出てやるわよっ。その代わり、負けたほうは大学辞めるっていう条件、呑みなさいよね！

緑の宣戦布告を受けて立ったアミカが、驚愕の条件を突きつけてきた。

——ええ、いいわよ。いま言ったこと、忘れないでね。私が優勝したら、あなた達ふたりが辞めることになるんだから。

アミカの出した究極の選択にたじろぐどころか、しっかりと受け止め、逆に挑発的発言で返した緑を目の前にした裕二は、強く逞しくなったその姿に驚きを隠せなかった。

二ヶ月前に、最大の弱点だった鼻の整形も終え、美しさにより磨きのかかったいまの緑なら、アミカと香奈に負けることは考えられない。

緑が大学を辞めなければならないかもしれないなどとは、裕二は心配していない。

裕二の頭にあるのは、優勝の二文字——それ以外の結果に、なんの意味も価値もなかった。

来年、裕二は、デリヘルの運転手をして貯めた金で、芸能マネジメント事務所を立ち上げる予定だった。

所属タレントは、もちろん緑だけだ。

芸能プロダクションではないので、タレントを増やすつもりはない。

菊池緑という女優の商品価値を高めてゆくと同時に、黒瀬裕二というプロデューサーの商品価値も高める。

なので、緑が「ミス」か「準ミス」かで、芸能界での商品価値に雲泥の差が出てしまう。

「ミス」以外なら、二位も最下位も同じなのだ。

緑の「ミスコン」優勝の最大の障害になるのは、アミカでも香奈でもなく、三年のナミと希だ。

ナミも希も、裕二が一時期所属していた映画サークル……「映友部」の看板女優であり、一昨年は希が、去年はナミがミスに輝いた。

因みに、希は去年の準ミスで、ナミは一昨年の準ミス……つまり、二年連続で、ふたりがミスと準ミスを独占していることになる。

今年で三度目の出場となるナミと希は、楽に勝てる相手ではない。

二十歳とは思えない妖艶な色気が魅力のナミ、少女漫画のヒロインさながらの愛くるしいロリータフェイスの希。

対照的なタイプだが、ふたりとも男好きする魅力的なビジュアルをしており、かなりの強敵だ。

しかもミスコンという大舞台に向けて極限まで研ぎ澄ましてくるはずだ。半年前とは別人のようになっていると考えて間違いはない。

「ごめん、待った？」

五メートルほど向こうから小走りで駆け寄ってくるミニのワンピース姿の女性――緑は、人込みの中でもひと際目立っていた。

「いや、俺も、さっききたばかりだから」
「よかった……部屋出るときにコケちゃってさ。ほら」
ミニスカートからすらりと伸びた足——膝に貼った絆創膏を指差し、緑が舌を出した。

鼻と同時期に、緑は太腿の脂肪吸引を行っていた。
内腿、臀部の下、膝の周囲を直径五ミリ程度微小切開し、カニューラと呼ばれるビニールのチューブを挿入し、脂肪を大量に吸い出した効果は驚くべきものだった。大袈裟ではなく、手術前に比べて緑の太腿は半分の細さになったようにみえる。

鼻も、すっと鼻尖が高くなり、小鼻が薄くなり、以前の肉厚でぼってりとした印象はなくなっていた。

施術内容は、鼻全体の脂肪組織を切除し、鼻翼軟骨を縮小し、切除したその軟骨を鼻尖に移植し形を整えるというものだ。

隆鼻術も太腿の脂肪吸引術も、人前に出られるまでに回復するのに一ヶ月以上の時間を要した。

手術費用は、ふたつ合わせて百万を超えたが、勤務してひと月後にはキャバクラでナンバー1クラスのキャストとして活躍していた緑の給料でなんとか払うことができた。

「おい、気をつけろよ。明日は『ミスコン』だぞ？　顔が傷ついたら、大変なことになるところだ」

裕二は、渋い顔で窘めた。

「ごめん、ごめん。ねえ、ゆうちゃん、どこでミーティングする？　私、若干、お腹減り気味なんだけど」

この四ヶ月で変わったことは、いつの日からか、黒瀬君からゆうちゃん、に呼びかたが変わったことだ。

裕二も、菊池から緑に変わっていた。

ふたりが、男女関係になったというわけではない。

ともに、同じ夢を目指す「同志」としての絆が深まったのだ。

四ヶ月の間に変わったことは、ほかにもあった。

——おい、お前、サラになにを吹き込んだ？

あれは七夕の夜……歌舞伎町のキャバクラに緑を迎えに行ったときに、店から出てきた神崎が、険しい表情で問い詰めてきた。

その夜は、緑の店が終わってから、ふたりで食事に行こうと約束していたのだ。

――なんのことですか？

――惚（とぼ）けんなよっ。最近、急にサラの態度が変わった。同伴もアフターもつき合わないし、指名しても会話が盛り上がらないし……いったい、なにを言ったんだよ⁉

怒り心頭の神崎は、もともとの赤銅色（しゃくどういろ）の顔をよりいっそう赤らめ声を荒らげた。

――お客さんとキャストの問題を、俺に言われても困りますよ。なにか、怒らせることでも言ったんじゃないですか？

裕二は、興味なさそうに言った。

――お前……どうあっても惚ける気か⁉　たいがいにしねえと……。

――どうするんだ？　あ？

神崎の言葉を遮った裕二は、胸倉を摑み逆に詰め寄った。

まさかの逆襲に、虚を衝かれた神崎は眼を白黒させていた。

——俺と緑の間に割り込んできたのは、あんたのほうだろうが！　大手芸能プロだか敏腕マネージャーだか知らないが、泥棒猫みたいな真似すんじゃねえ！　これ以上、緑に付き纏わないって約束するか⁉

裕二は、神崎の開襟シャツの襟首を両手で摑み、柔道の送り襟絞めの要領で絞め上げた。

神崎の顔が、赤く怒張し始めた。

——は……はなぜ……くる……し……。

懸命に逃れようとする神崎だったが、体格で勝る裕二の腕力のほうが上回っていた。

——約束するんなら、はなしてやる。どうなんだ⁉

裕二が怒声で問い詰めると、神崎がどす赤くなった顔を何度も縦に振った。

——次、緑の前に現われたら、こんなもんじゃ済まないからな！

釘を刺した裕二が手をはなすと、神崎が二、三歩後方によろめいた。

——芸能界に行ったときに……必ず……後悔するからな……。

荒い息を吐きながらの神崎の捨て台詞が、裕二の鼓膜に蘇る。

芸能界に行ったときに……。

神崎の言葉が、気にならないと言えば嘘になる。だが、いま、神崎を叩いておかなければ、「芸能界」に行くことさえできないのだ。

「ファミレスでもいいか？」

裕二は、靖国通りを歩きながら緑に訊ねた。

「うん、どこでもいいよ」

笑顔を向ける緑を、通行人の男達が振り返る。

羨望の眼差し——優越感が、裕二をくすぐった。いまの緑は、ファッション誌の人気モデルと比べても遜色ない。

「ちょっと、寄り道してもいいか？」

「どこに？」

「すぐそこだから」

裕二は、靖国通りから区役所通りに足を踏み入れた。

「なんで、歌舞伎町に行くの？」

「いいからいいから」

怪訝そうな緑の声を受け流し、裕二は区役所通りを奥に進んだ。

三十メートルほど歩いたところ――二棟の雑居ビルが建ち並ぶ路肩で、裕二は足を止めた。

「ここ、覚えてるか？」

振り返らず、裕二は緑に訊ねた。

「……もちろん、覚えてるよ」

束の間を置き、噛み締めるような緑の声が返ってきた。

半年前――アミカ、香奈、ホスト達に馬鹿にされた緑は、この場所で屈み込み、子供のように泣きじゃくっていた。

裕二が声をかけると、涙でぐしゃぐしゃになった顔を上げた。

低い肉厚の鼻、腫れぼったい奥二重、薄い唇……冴えない地味な顔立ちの緑は、色でたとえると「灰色」だった。

「俺を信じて、よかっただろ？」

裕二は、振り返りつつ言った。

「うん。あのさ、あのとき、いまみたいな私に変えられる自信、本当にあった？　めちゃめちゃみんなに馬鹿にされてたし、自分でも地味でブスだなって思ってたし……。もし、本当は不安だったなら、怒らないから正直に言って？　どっちにしても、いまじゃ感謝してるんだからさ」

しみじみと語った緑が、裕二をみつめた。

その瞳に浮かぶ信頼の色が、彼女の言葉に嘘はないと証明していた。

「自信、あったよ。緑は、美人じゃなかったけど、言われるほどブスでもなかった。暗く地味な印象が、イメージ的に損させていたんだ。眼と鼻をイジってダイエットすれば、見違えるような女になると確信があった。唯一、不安があったとすれば、俺とお前の温度差かな。俺だけ燃えてても、お前の気持ちがそうでもなければ、整形なんて絶対にやらないだろ？　いくら俺が、絶対に成功すると意気込んでも、じっさいにやる張本人がその気にならなきゃ始まらないからな。でも、お前は、俺の見込み通りだった……立派に、俺の期待に応えてくれているよ」

裕二も、感慨深い表情で緑をみつめた。

あのとき「灰色」だった少女は、いま、眼を開けていられないほどに「黄金色」に輝いている。

　クラスメイトやホストに味噌糞にけなされ泣きじゃくっていた少女は、明日、大学で一番美しい女性を決めるコンテストに出場し、優勝を狙えるまでになった。

「ううん、ゆうちゃんのおかげだよ。本当に、ありがとうね」

　緑が、眼をうっすらと潤ませながら言った。

「馬鹿。まだ、始まったばかりだよ。俺らの夢は、『ミスコン』で優勝してからようやくみえてくる。一緒に、乗ってくれるよな?」

「え?」

　緑が、首を傾げた。

「みんなを見返すための列車にだよ」

　裕二は真顔を緑に向けた。

　感極まったように頬を紅潮させた緑が唇を噛み、懸命に涙を堪えながら頷いた。

　ありがとう。

　心で言った。

　口に出すのは、第一関門――菊池緑が、「ミス早徳」に選ばれたときだ。

18

千五百人を収容できる早徳大学最大の講堂「早徳記念講堂」の窓ガラスが曇りそうなほどに、会場内には観衆の熱気が充満していた。

「早徳祭」最終日の一大イベント——今年で二十五回目を迎える「ミス早徳コンテスト」の決勝戦には、早徳大学の学生はもちろんのこと、他学生も含めると二千人前後が詰めかけ、講堂前は会場に入れなかった人で溢れていた。

もともと「ミス早徳コンテスト」は、他の大学のミスコンとは比べ物にならないほど盛り上がるのだが、それでもここまでの人数が詰めかけることは珍しかった。

それだけ、今年のミスコンへの注目度が高いということだ。

裕二は、早徳大学の学生に割り当てられた講堂の中央あたりに設置された席に座っていた。

決勝大会で有力候補のひとりである緑をプロデュースした事実は誰も知らないし、この会場での裕二は一学生に過ぎない。

今年の「ミスコン」には五十五名の応募があり、インターネットの予選動画投票で絞られた六名によってミスと準ミスが競われる。

「ミスコン」の勝敗で緑と退学を賭けて戦うことになったアミカと香奈のうち、香奈は予選で敗退したので、決勝大会に出場するのはアミカだけだった。

ほかには、去年のミスのナミと一昨年のミスの希の三年生コンビと、読者モデルをやっている夏木水穂(みずほ)と清水果林(かりん)の二年生コンビが出場を決めていた。

現在、壇上では最初の部門、「コスプレショー」が行われており、アップテンポの音楽に乗って、先頭――チャイナドレス姿のナミが現われた。

セクシークィーンの異名を取る、去年のミス……ナミの胸もとは艶(なまめ)かしく隆起し、ウエストは蟻(あり)のように括(くび)れ、ヒップラインはなだらかな流線を描いていた。スリットから覗く太腿に、学生達の視線が吸い寄せられる。

さすがは今大会の大本命だけあり、場内にはどよめきが起こっていた。

ナミはステージの後ろに下がり、手拍子をしながら次の出場者を待った。

二番手に登場してきたのは、ナミとは打って変わった薄いピンクのゴスロリふうのフリフリのドレスに、お揃いのフリフリのレースの日傘を持った希だった。

ゆる巻きの黒髪に円(つぶ)らな瞳……少女漫画から飛び出してきたようなロリータフェイスで笑みを振り撒きながら日傘をクルクルと回す愛らしい希の姿に、観客の頬はだらしなく弛緩(しかん)していた。

三番手で颯爽(さっそう)と登場してきたのは、レースクィーンスタイルのアミカだった。

ハイレグの際(きわ)どい切れ込みに、主に男性の観客が熱い視線を送っていた。

アミカは、観客にみせつけるように腰を左右に振りながらキャットウォークでステージ上を旋回(せんかい)した。

決勝大会のレベルには足りていないとアミカを甘くみていたが、想像以上にスタイルがよく、華があった。

四番手の水穂はコスプレマニアに根強い人気がある看護師ファッション、五番手の果林はやはり人気のキャビンアテンダントの制服姿で登場した。ふたりとも雑誌モデルをやっているだけあり、ウォーキング、表情、ポージングなどのステージパフォーマンスはなかなか堂に入っていた。

大歓声の熱気の中、裕二の鼓動は高鳴った。

いよいよ、次は緑の出番だ。

決勝大会への出場が決まってから裕二は、どんな衣装にするか緑とじっくり時間をかけて打ち合わせをした。

「コスプレショー」は、審査でかなりのウエイトを占める。毎年、ミスに輝く学生はこの「コスプレショー」でビッグインパクトを与え、ポイントを稼ぐのだ。

去年のミスのナミは舞妓(まいこ)のコスプレで、一昨年のミスの希はメイドのコスプレで観客のハートを摑み、それぞれ栄冠を手にしている。

裕二が迷ったのは、「王道」で行くか「奇(き)を衒(てら)う」かだ。

チャイナドレス、ゴスロリ、レースクィーン、看護師、キャビンアテンダント——ほかの候補者達は、「外さず」に無難に支持を得やすいコスプレで勝負してきた。

緑は、学生服などの「王道」で挑みたいと言ってきたが、裕二は却下した。

一歩間違えれば観客が静まり返る危険性はあったが、それでも裕二は「奇を衒う」作戦で行くことに決めた。

アピールタイムが終わり、果林がステージの奥に下がった。

いよいよだ。

緑が出てくるまでの数秒間が、数十分にも数時間にも感じられた。

ステージの袖から、緑が姿をみせると場内がざわめいた。

グレーの修道女スタイルは、会場にいる誰しもが予想していなかったに違いない。

一部のコスプレマニアの間では修道女スタイルも支持されているが、ほかの候補者が選んだコスプレに比べれば地味な印象を与える。

だが、それこそが裕二の狙いだった。

煌(きら)びやかに装飾された部屋に飾られた薔薇と、質素でなにもない部屋に飾られた薔薇は、それぞれに映えるのは間違いないが、薔薇自体が際立って目立つのは後者だ。

「ミスコン」は衣装を魅力的にみせるファッションショーとは違い、あくまでも個人が光るためのイベントなので、露出が激しかったり萌える感じのコスプレは避けたのだ。

しとやかに、静々と歩く緑は、それまで弾むような感じだったりかっこいい感じだったりしたほかの候補者とは確実に一線を画していた。

「菊池緑ってさ、すっごい、清楚で美人だよな」

「ネットにUPされていた写真と雰囲気違うな」

「なんだろう、この不思議な魅力」

「色っぽいな、あのコ」

周囲の学生達の声に、裕二はほくそ笑んだ。

狙い通りだった。

グレーが基調の修道服は、ヴェールに包まれ顔の部分しか露出がない。

髪の毛も隠しているので、相当に顔立ちが整っていなければ逆効果になる衣装だが、整形してエキゾチックな目鼻立ちになったいまの緑は、この露出度の低い修道服によって魅力を増していた。

とくに、色っぽい、という声に、裕二はしてやったりだった。

露出を抑えることで醸し出される色気に、ほとんどの男達は免疫がなかった。

人間とは、免疫のない物事に弱い生き物だ。水着やヌードグラビアが掲載された雑誌がそこここのコンビニエンスストアに置かれているような環境で生活していれば、敢えて隠すことで想像力が掻き立てられる刺激のほうが新鮮ではないかと考えたのだった。

優婉な微笑み……まさに、聖母の微笑みを浮かべ、ステージを静々と歩く緑の「違和感」に、観客は完全に惹き込まれていた。

「大盛り上がりの『コスプレショー』で始まった『第二十五回　ミス早徳コンテスト』ですが、ここからは候補者のアピールタイムです！　あ、ご挨拶が遅れました。私、今年の『ミスコン』の司会進行を務めさせて頂く、『アナサー』の西尾と申します」

ステージ上で、緊張の面持ちでイベントを進行しているのは、アナウンスサークルの三年生の部長だ。『アナサー』とは、アナウンスサークルを略して作ったサークル名だ。

「みなさん、さすがに『ミスコン』のファイナリストだけあって、美女揃いですね！　ですが、美しいだけでは手にできないのが、『ミス早徳』の称号ですっ。ビジュアルだけではない、内面の素晴らしさも存分にアピールしてください！　まずは、三年生で去年のミス、片桐ナミさんです！」

「みなさん、こんにちは！　社会科学部三年の片桐ナミです。『ミスコン』には、一年のときから三年連続出場させて頂き、一年のときは準ミス、二年のときはミスになることができました。一年のときに準ミスに選んで頂いたときも嬉しかったのですが、去年、ミスに輝いたときに、一位と二位の差がこんなにも大きいんだってことに初めて気づきました。でも、その喜びはすぐに地獄の苦しみに変わりました。ミスになった直後は夢のような気持ちでしたが、日が経つにつれて喜びはプレッシャーに変わってゆきました。『ミス早徳』として相応しい自分でなければならないけれど、本当の自分はそんなに綺麗でも素敵でもないことを知ってるし……私なんかが、選ばれてもよかったのかなって……」

ナミが言葉を切り、唇を噛み締めた。

——刈谷君程度じゃ、私と釣り合わないのよねぇ～。

——まあ、ミスの私と準ミスの希ちゃんのハードルは高いわよ。

裕二が短い期間だけ所属していた映画サークル「映友会」の新人歓迎コンパでの、ナミの言動は、いま、ステージで殊勝な顔で俯いている彼女の発したものとは思えなかった。

いや、ステージ上のナミが、作られた「偽物のナミ」なのだ。

ＭＣが言うように、「ミスコン」でグランプリの栄冠を手にするためには、美貌やスタイルが良いだけではだめだ。人々の心を打つ話術や演技力も必要とされる。

「ナミちゃん、自信を持っていいよ！」

「ナミちゃんが一番だよ！」

「頑張れ！」

いまにも泣き出さんばかりのナミに、そこここから励ましの声が飛んだ。

ナミは、心でほくそ笑んでいることだろう。

「ありがとうございます……みなさんの声援を力に、こんな私でも、もう一度、グランプリに挑んでもいいのかなって気になりました。一生懸命頑張りますので、よろしくお願いします！」

デビューしたてのアイドルのように、ナミは謙虚に、初々しく頭を下げた。

ギャップ効果——敵ながらあっぱれだった。

セクシーで肉食系のみかけのナミが、真面目キャラを演じればかなりの好感度アップになる。

アピールタイムは、ナミを皮切りに、同じ三年生の希、二年生の果林と水穂と進んだ。

希は、一昨年のミスから去年の準ミスに陥落した悔しさを語ったが、持ち前の「甘えっ子キャラ」で嫌みな感じにはならなかった。

果林と水穂は、正攻法に「ミス早徳」への憧れを口にした。

ただ、候補者達のアピールに共通しているのは、会場に詰めかけた観客すべてにたいして好感度をアップしたい魂胆がみえみえ、ということだった。

無理もない。

「ミス早徳コンテスト」の審査員は、この会場にいる観客の中から無作為に選ばれた三十人で構成されている。ただ、ほかの大学の「ミスコン」と違うのは、審査員席が設けられていない……つまり、誰が審査員かわからないシステムになっているところだ。

数年前までは普通に審査員の存在を明かしていたが、一度、候補者サイドからの賄賂など不正が発覚してから、いまの覆面審査員のスタイルとなったのだ。

これにより、より透明性・公平性の高い「ミスコン」となり、「ミス早徳」の冠は芸能界の門を叩く者にとって、さらに強い「鍵」となった。

「さあ、五人目のアピールタイムは、一年生の北村アミカさんですっ。どうぞ!」

MCに促され、レースクィーンスタイルのアミカが前に歩み出た。

「教育学部国文学科一年の北村アミカです。こんな光栄な舞台に出させて頂いて言いづらいんですが、私、グランプリに選んでほしくありません」

予想外のアミカの言葉に、会場がどよめいた。

裕二も、思わず身を乗り出した。

「誤解してほしくないのは、『ミスコン』を軽んじているんではないということです。本音を言えば、ここまできたらグランプリを頂きたいです。ただ、私以上に、ミスになってほしい友人がいるんです。その友人は地味な印象のコで、正直、心ないクラスメイトの中には、彼女を馬鹿にする人もいました。いやな思い、悔しい思いをたくさんしてきた彼女を間近でみてきたからこそ、血の滲むような努力で美貌を手に入れた彼女をみてきたからこそ、今年は、優勝してほしいんです」


あいつ、ふざけやがって……。


裕二は、悲痛な善人顔で声をうわずらせながら緑に視線を送るアミカに心で毒づいた。

アミカは、自らが悪者にならないように友人思いを装ってはいるが、その実、緑がもとは冴えない女だったことを婉曲に暴露しているのと同じだ。

それだけではない。勘が鋭い者なら、緑が整形したことに気づいてもおかしくない内容でもあった。

この大舞台で緑を潰そうとするのだから、アミカは本当にしたたかで怖い女だ。

「あのコ、優しいな」

「ああ、自分のことより友達を推薦するなんて、信じられないくらい心がきれいだ」

「アミカちゃんが優勝をしてほしい友達って、あの修道女のコスプレしてるコか？」

「多分な。菊池緑って一年のことだろう」

「あんなにかわいいのに、冴えなくていじめられてたなんて意外だな」

「整形したのかな？」

「まさか。もしそうなら、友達のアミカちゃんが言うわけないって」

「だよな」

目の前で汗だくになりながら話し合う、にきび面の男子学生ふたりの会話が、裕二の神経を逆撫でした。

案の定、アミカの評価は上がり緑は整形疑惑を持たれる始末だ。

「心温まる友情ですね。さあ、最後は、北村さんと同じ一年生の菊池緑さんですっ、どうぞ！」

ＭＣに促され、緑がステージの中央へゆっくりと出てきた。

「教育学部国文学科の一年、菊池緑です。出番を待っている間、私がアピールできること……人より勝っていることってなんだろうって考えていました。顔もスタイルも自信はないし、飛び抜けた特技があるわけでもない……あるとすれば、絶対に優勝したいって思いの強さです」

緑が、強い眼差しで観客を見渡した。


おい、待て、お前、なにを言ってるんだ？


裕二は、心で緑に問いかけた。

ほかの候補者が好感度を上げる中で、緑のグランプリに執着する発言は印象が悪過ぎる。

「どんなことをしてでも優勝したい……私は、その一心で顔を整形しました」

唐突なる緑の衝撃発言に、場内が水を打ったように静まり返った。

「ば、馬鹿野郎……」

思わず、裕二は声に出していた。

約千五百人の観客の視線が集まる「ミスコン」の決勝大会の舞台で、整形手術を受けたことをカミングアウトするとは、頭がどうかしてしまったのか？

「アミカちゃんが言ったように、前までの私は地味で暗くて、みんなに馬鹿にされ続けていた人生でした。血統書付きの犬が集まるドッグショーに紛れ込んだ雑種の犬、豪邸のリビングにきれいに飾られたボロ雑巾……クラスメイトに、馬鹿にされ続ける毎日でした。死にたい、と思ったことは一度や二度じゃありません。なんで生まれてきたんだろう？　私が生きることを望んでいる人がいるのかな？　頭に浮かぶのは、ネガティヴなことばかりでした。そんなとき、ある人に言われました。『お前、なにか努力してるのか？　こうありたい、こうなりたい自分になるために、行動に移してることあるのか？』って。はっとしました。考えてみたら、それまでの私は口を開けば泣き言や恨み言ばかりで、なにもやってないじゃないかってことに気づきました。このままじゃ、死んでしまう。そう思った私は、自殺しました。もちろん、たとえです。私が殺そうと決めたのは、十八年間生きてきた菊池緑でした。この日のために、眼を二重にし、鼻にシリコンを入れて高くしました。太腿の脂肪を吸引し足を細くし、一日千三百キロカロリーの食生活でダイエットをしました」

静まり返った場内が、緑の衝撃発言の連発にどよめいた。

裕二はあんぐりと口を開け、呆然と緑をみつめた。

もう、終わりだ……すべてが終わってしまった。

裕二は眼を瞑り、敗北を覚悟した。

「たしかに、私は地味だったかもしれないし、ブスだったかもしれない。でも、地味でもブスでも、幸せになる権利はあるはず……そう思っていた、思いたかった……し

かし、私は、気づきました。この世の中は、地味でブスな女性は幸せになれないって
ことに……」
緑の声が震え、消え入った。
裕二は眼を開けた。
壁にかけられた大型スクリーンには、赤く潤(うる)んだ眼をカッと見開き、観客を見渡す
緑の姿が映し出されていた。
「悔しかった……私を笑って、馬鹿にした人達を見返してやりたい……そのためには、
『菊池緑』を殺すことくらい、どうってことはありませんでした。だから、私は……
ここにいる誰よりも、この『ミスコン』で優勝しなければいけないんです」
会場の空気が、明らかに変わった。
緑の話に耳を傾けていた観客の眼も、潤んでいた。
もちろん、緑の告白に否定的な人もいるであろう。しかし、彼女の言葉はほかの候
補者とは違い、好感度をあげるための芝居ではなく心からの叫びなので、観客の胸に
ダイレクトに届いたのだろう。事情を知っている裕二でさえ、緑の言葉に胸を打たれ
た。
このアピールタイムで、緑はかなりのポイントを稼(かせ)いだ可能性があった。
だが、裕二は手放しに喜べなかった。

「どうしても、私は『ミス』の冠がほしいんです。どうか、よろしくお願いします」

切実な調子で訴えた緑は、観客に向かって深々と頭を下げた。

直後に、拍手の嵐が会場を包み込んだ。

緑のなんの駆け引きもないストレートな訴えは、完全に観客の心を摑んでいた。

「はい、菊池さん、熱い思いをありがとうございました。では、これで『コスプレショー』と『アピールタイム』を終了します。さあ続いてはお待ちかね、『水着ショー』です。候補者のみなさんは、着替えてきてください。二十分間休憩となりますので、トイレに行かれる方はいまのうちにどうぞ」

MCに促された候補者がステージの袖に向かった。

緑が観客席に泳がせた視線が、裕二を認めて止まった。

なにかを訴えかけるような瞳を向けてくる緑に、裕二は感情をグッと殺して頷いてみせた。

いまは緑に、なにも気にせずに「ミスコン」に集中することをなにより最優先させなければならない。

裕二は腕を組み、ふたたび眼を閉じた。

☆　☆

「さあ、いよいよ、緊張の瞬間がやって参りました！　いま、私の手にある二通の封筒に、ミスと準ミスの名前が書いてありますっ」

ＭＣが興奮した口調で言いながら、二通の封筒を宙に翳した。

ステージ上の六人の顔に、緊張が走った。

「ミスコン」後半戦の「水着ショー」では、スタイル抜群のナミが究極のハイレグビキニで観客の度肝を抜いた。

緑は、ナミほどのグッドプロポーションではないにしろ、露出のない修道女スタイルから水着へというギャップ効果が後押しし、二番目に大きな声援を浴びていた。

「水着ショー」のあとは、「特技披露」のコーナーだった。

ナミはI字バランス、希はアニソン、果林は空手の型、水穂は早口言葉、アミカは有名アーティストの物真似、そして緑はヒンズースクワットを披露した。

緑が特別にヒンズースクワットが得意なわけではない。「水着ショー」のときと同じく、修道女スタイルの「淑女」とヒンズースクワットというギャップ効果を狙ったのだ。

裕二の読みは当たり、緑は十回もスクワットをできなかったが、観客の盛り上がりは候補者中で一番だった。

「ミスコン」の締めは「演技部門」で、候補者全員に用意された共通の台本が配られ、恋人役のMCを相手に芝居を披露した。

これはさすがに、映画サークル、「映友部」で芝居経験の豊富なナミと希の独壇場だった。

ただし、女優のオーディションではないので、演技のうまさが票に繋がるとはかぎらない。

台詞は棒読みでも、かわいらしかったり愛嬌があったり……そういうほうが高ポイントになる場合もある。

「まずは、準ミスから発表します！」

MCが、封筒に鋏を入れた。

緑がグランプリに輝く手応えはあった。

だが、やはり、ナミの存在は脅威だった。

コスプレ、自己PR、水着、特技、演技……各部門で、ナミは喝采を浴びていた。

願わくば、準グランプリでナミの名前が呼ばれてほしかった。

「第二十五回、『ミス早徳コンテスト』の準グランプリは……」

MCの口が開くのを、候補者はもちろん、場内の観客達が固唾を呑んで待った。

「商学部二年、夏木水穂ちゃんです！」

場内に、驚きの声が広がった。

無理もない。ほとんどの観客は、ナミ、希、緑、アミカの四人のうちの誰かの名前が呼ばれると思ったに違いない。

裕二は、狂喜乱舞してステージの上を飛び跳ねる水穂を虚ろな瞳でみつめた。

終わった……。

ナミが三位以下ということはありえない。

緑にミスの栄冠を取らせ芸能界に殴り込む……裕二の青写真は、脆くも崩れ去った。

水穂の歓喜のスピーチが、裕二の耳を素通りした。

気づいたら、席を立っていた。

「さあ、いよいよ、グランプリの発表です！」

裕二は、興奮が頂点に達するMCの声を背に講堂の出口に向かった。

19

「あと三十分で閉店ですけど」

店内に足を踏み入れると、二十代前半のウエイトレスが微かに迷惑そうな表情を浮かべながら歩み寄ってきた。

「そんなに長くいないから」

裕二は素っ気なく言うと、ドアの近くの席に座った。

あと四、五分すれば、緑も現われる。

「カモミール」は、「早徳祭」帰りの学生達で溢れ返っているので、緑との待ち合わせを別のカフェにしたのだ。

「ご注文、なになさいます?」

嫌みなほどの迅速さで注文を取りにきたウエイトレスに、裕二は無愛想にコーヒーと告げた。


――第二十五回、「ミス早徳」を発表します!

背中越しに聞こえる「ミスコン」のグランプリの発表の瞬間を、裕二は思い出していた。

——栄えあるグランプリに輝いたのは、教育学部国文学科一年の菊池緑さんです！

すぐには、状況を飲み込めなかった。

準グランプリに水穂が選ばれたとき、自動的にグランプリはナミだと思った。

ステージ上で、歓喜している緑をみても、まだ実感が湧かなかった。

体感したのは、緑のスピーチを聞いてからだった。

——グランプリを頂けて、本当に嬉しいです。ありがとうございます。でも、私は泣きません。「ミスコン」は通過点ですから。

眉ひとつ動かさずに言いながら、緑はアミカに視線をやった。

——私が泣くのは、芸能界で頂点を取ったときだけです。この程度のライバルに勝てないようでは、芸能界では勝ち上がれませんから。

それまで祝福ムードだった場内が、一瞬にして剣呑な空気に支配された。

裕二は、頭を鈍器で殴られたような衝撃を受けた。

自分は、緑の優勝を諦め講堂から出て行こうとしていた。だが、緑は、自らがグランプリを獲ることを疑うどころか、当然のこととして受け止めていた。

これまで緑を叱咤激励しながら、一番大事な局面で信じることができなかった自分に腹が立って仕方がなかった。

「いらっしゃいませ」

店員の声に、裕二は出入り口へ視線を向けた。

「ゆうちゃん！」

顔をクシャクシャにした緑が、裕二のもとに駆け寄ってきた。

「おめでとう……よくやったな」

裕二は、緑の手を握り祝福の言葉をかけた。

「ありがとう。私がミスになれたのは、ゆうちゃんのおかげよ」

緑の眼は潤んでいたが、スピーチでの宣言通り涙を流すことはなかった。

「立派なスピーチだったよ。まあ、多少観客を敵に回したが、グランプリを獲るということはそういうことだからな。しかし、お前が、ここまで強くなるとはな」

「それも、ゆうちゃんのおかげよ。挫けそうになるたびに、叱ってくれたり、励ましてくれたり……言葉では言い表せないほど、ゆうちゃんには感謝してるわ」

「こっちこそ、ありがとう。でも……」

「ご注文、なにになさいます？」

ウエイトレスが、早く席に着けとばかりに咎めるような口調で訊ねてきた。

「あ、ごめんなさい。ミルクティーをください。でも……なに？」

緑はウエイトレスに注文すると、椅子に座りつつ言った。

「俺はナミが優勝すると思い、グランプリの発表前に講堂を出るところだった……最低だろ？」

「ううん、私も、ナミさんをステージでみたときに普通にやってたら勝てないかもしれないって思ったわ。だから、整形のことをカミングアウトしたの」

「そうだったのか……」

同情票を集めるためのカミングアウトだと思っていた。

芸能界でブレイクしたらこのときの発言がネタになり己の首を絞めることになる……目先の栄光を摑むための軽率な発言なら、叱るつもりだった。

「できるなら、整形のことは言いたくなかった。私の発言は、証拠として残っちゃうからね。でも、ミスを獲らなきゃ芸能界もないと思ったから……勝手なことして、ごめんね」

浅はかな女……そう思っていたが、浅はかなのは自分のほうだった。

緑を信じ切れず、敗北を覚悟した自分。

自分との夢を叶えるために、機転を利かした判断で整形を告白した緑。

これでは、どっちがプロデューサーかわからなかった。

「いいや、謝るどころか、逆に褒められることだよ。お前の判断がなければ、勝てなかったかもしれない」

「アピールタイム」の緑のカミングアウトは、観客の涙を誘った。

あの場面で、かなりのポイントが緑に流れたのは間違いない。

「必死だったから……ゆうちゃんに恩返ししたかったの。改めてだけど、ゆうちゃん、ありがとうね」

緑が、泣き笑いの表情で裕二をみつめた。

「馬鹿、照れる……」

「緑！」

女性の声に、裕二は言葉の続きを飲み込んだ。

「ここにいたんだ、探したのよ」

アミカが、裕二と緑のテーブルに歩み寄りながら言った。

「緑。約束じゃ、負けたほうが大学を辞めることになっていたわね」

「ああ、もう、いいのよ。オフサイドってやつね」

緑が、寛容な笑顔で言った。

大学生活での最大目標だった「ミスコン」優勝を成し遂げたいま、アミカのことも許せる気持ちになったのだろう。

「オフサイド？　なに言ってんの？」

アミカが、意地の悪い笑みを浮かべた。

「だから、『ミスコン』で優勝できなかったら大学を辞めるっていう賭けは……」

「賭けは続けてもいいけど、そうなるとあんたも私と一緒に辞めないといけないわね」

「どうして、グランプリになった私が辞めなきゃならないのよ⁉」

緑が、血相の変わった顔をアミカに向けた。

「やっぱり、まだ知らないんだ」

アミカの意味ありげな薄笑いに、裕二の胸にいやな予感が広がった。

「どういうことだよ？」

緑より先に、裕二が訊ねた。

「緑は、失格したのよ。整形した候補者の出場は認められないんですって。あたりまえよね」

アミカが、嘲るように言った。

「な……」

緑が表情を失い絶句した。

それは、裕二も同じだった。

「お前……悔しいからって嘘吐くなよっ。ミス早徳の応募資格は唯一、『早徳大学の学生であること』のみで、それ以外の縛りはないはずだ！」

我を取り戻した裕二は、荒い言葉遣いで吐き捨てた。

「そう思うなら、委員会に聞いてみたら？　っていうか、何度もあなたの携帯に連絡していたみたいだけどね。閉会後、あなたが悠長にインタビューを受けている裏では、運営スタッフが大学サイドやミスコンの協賛企業からのクレーム対応で大変だったこと、気づいてないでしょ？」

「……嘘よ……」

呆然とした表情で緑は鞄から携帯電話を取り出した。

そこには、多くの着信履歴と留守番メッセージを示すマークが確かに表示されていた。

白っぽく変色した緑の唇が、小刻みに震えていた。

「嘘じゃないわ。これは、悪夢でもなんでもない現実よ。そりゃそうよね。顔変えて『ミスコン』優勝できるなら、誰だってそうするわよ。私が運営委員だって失格にするわ。じゃないと、来年から整形美人ばかりのミスコンになってしまうもの。しかもそんなこと、大学サイドやミスコンの協賛企業が黙っているわけないじゃない。せっかく私が整形のこと黙っていてあげたのにさ、これみよがしに『告白』して、馬鹿じゃないの？　その場の審査員の同情は買えても、常識的にはアウトなことぐらい普通わかりそうなもんだけどね。そもそもあんたがミスになれるわけないじゃない。だいたいさ、もとはブスなんだから、私に勝とうなんて甘いのよ」

　会場で仕入れてきたのだろう、にわか知識を交えながらこれみよがしに味噌糞に罵倒してくるアミカに、緑は青白い顔でうなだれていた。

「あんたはでしゃばらないで地味にしてれば……痛っ……」

なおも罵倒を続けようとするアミカの腕を、裕二は掴んで後ろ手に捻った。

「痛いっ……なにすんのよ！　離して……痛い……」

「お前の言うように失格したところで、緑が一般審査員によってグランプリを獲ったという事実に変わりはないし、価値は下がらない。たとえ昔がどうであっても、いまの緑は早徳大学でナンバー1だということを忘れるな」

　裕二は、怒りを押し殺した声で言うと、アミカの身体をドアのほうに突き飛ばすように押した。

「覚えてなさいよ！」

アミカが捨て台詞を残し、カフェを飛び出した。

「気にするな」

裕二は席に腰を戻し、虚ろな視線で宙をみつめている緑に声をかけた。

本当は、裕二自身、動転し、落胆し、ショックを受け、緑を励ます精神的余裕などなかった。

「ミスコン」の優勝者と「ミスコン」の失格者。

失格の理由が整形となれば芸能界ではマスコミの格好の餌食となるので、「ミスコン」で一度はグランプリを受賞したという事実ごと、経歴から抹消しなければならない。

大いなる誤算……天国から地獄だ。

しかし、ここで自分が責めてしまえば、確実に緑は潰れてしまう。

それは即ち、裕二の「夢」へと続く道が遮断されることを意味するのだ。

「私のせいで……私が整形したことをカミングアウトしなければ……ゆうちゃんと目指してきた『夢』を台無しに……ごめんなさい……ごめんなさい……ごめんなさい……」

緑が声を詰まらせ、ごめんなさい、を繰り返しながら嗚咽を漏らした。

「お前は、最善を尽くしたんだ。あのとき、カミングアウトしなきゃグランプリは難しかっただろう。失格っていうのは、結果論に過ぎない。少なくとも、お前は一度は厳正な審査の上、『ミス早徳』の称号を獲得したんだ。クヨクヨするなよ。なんとかなるって」

裕二は、緑の肩に手を置き力強い口調で言った。

「でも、芸能界に行けなくなっちゃったよ。ミスの看板もないし……ミスどころか、整形で失格なんて、もう、無理だよ……」

緑の瞳が、不安そうに泳いでいた。

歌舞伎町で泣きじゃくっていたあの頃に逆戻りしたように……。

「スキャンダルを逆利用してのし上がるくらいの気持ちじゃなければ、芸能界で成功なんてできるわけがない。絶対、大丈夫だから、俺を信じろ」

裕二は、きっぱりと断言した。

緑に、そして、自らに……。

☆　☆

まだ薄暗い明け方のキャンパス内には、もちろん、学生はいなかった。

誰もいない時間を、狙ってきたのだ。

裕二は紙袋を手に、周囲に視線を巡らせながら歩を進めた。

「くそ……」

裕二は舌打ちをし、校舎の壁に貼られたビラを剝がした。

キャンパスに足を踏み入れてまだ十五分くらいしか経っていないのに、もう既に剝がしたビラは十枚を超えていた。

二十メートルほど歩いた講堂の周辺にも、さらに三枚のビラがあった。

整形女　菊池緑　「ミスコン」失格！

菊池緑　ウン百万かけてブスから美女に変身！

顔を変えてまでグランプリを獲りたいのか！　最低女　菊池緑

一週間前に開催された「ミスコン」の翌日から始まった緑への誹謗中傷のビラ攻撃。誰が貼っているのかわからないが、剝がしても剝がしてもすぐに新しい中傷ビラが貼られることの繰り返しだった。

緑の眼に入らないように裕二はチラシを剝がし続けてきたが、三日前にみられてしまった。

貼ってあった場所が女子トイレの中だったので、裕二にはどうしようもなかった。中傷ビラが女子トイレにも貼られていたということは、犯人は女子ということだ。

――ひどい……ひどいよ……誰がこんなこと……。

緑はひどく落ち込み、必修科目の講義にも顔を出さなくなった。

芸能界に向けての打ち合わせをしても、緑はずっと虚ろな表情だった。

無理もない。整形、ダイエット、キャバクラ勤め……この半年、緑には「ミスコン」のグランプリを取るためにモチベーションを高めさせてきたのだ。その最大目標がなくなったいま、緑のモチベーションが下がっても当然だ。

しかも、自らの整形カミングアウト発言によりせっかく手にしたグランプリを剝奪され、中傷されているのだ。なにもかもがいやになっても当然だ。

この中傷ビラが原因で、緑は担当教授に呼び出されていた。

――ねえ、ゆうちゃん、私がしたことって、そんなに悪いことなの？　やっぱりブスはブスのままで、綺麗になっちゃいけないの？　綺麗になる努力をしちゃいけないの？　……先生も上辺では心配そうなふりをしてるけど、「整形なんかするからだ、自業自得だよ」って思っているのがみえみえなの。もう、いやだよ……。

昨夜、裕二の肩口に手を置きながら泣き続ける緑の姿が眼に焼き付いている。

「絶対にあいつらだ……」

ビラを剝がしながら、裕二は吐き捨てた。

裕二の頭には、ふたりの女の顔が浮かんでいた。

☆　☆

「証拠は？」

腕組みをし講堂裏のブロック塀に背を預けたアミカが、挑戦的な眼差しを向けてきた。

「そうよ。私らを疑うんだったら、それなりの証拠はあるんでしょうね？」

アミカの隣りで同じように腕組みをした香奈は、薄笑いを浮かべていた。

緑にたいしての誹謗中傷のビラをキャンパス中に貼る犯人を、裕二はアミカと香奈のふたりだと踏み、呼び出したのだ。

「証拠はないが、動機は十分だろう？　ブスだなんだと馬鹿にしていた緑に、『ミスコン』で負けたわけだからな」

「は？　負けてないわよ。整形で失格したじゃん」

アミカが、憮然とした表情で吐き捨てた。

「それはあくまで規則の話で、じっさいの本選では負けたって事実は変わらないだろうが」

「ふざけんじゃないわよっ。私があんな整形女に負けたって言うわけ⁉」

「そうよ！　あんだけ顔イジったら、誰でもかわいくなるに決まってるじゃん！」

アミカと香奈が、血相を変えた。

「まあ、どうでもいいけど、とにかく卑劣なまねはやめろよ。これ以上、緑への誹謗中傷を続けたら、警察に訴えるからなっ」

「か、勝手にしなよっ。私らやってないんだからさ」

アミカが、目尻を吊り上げながら言った。

平静を装っているアミカの頰の筋肉が小刻みに痙攣(けいれん)しているのをみて、裕二は確信を深めた。

「ああ、そうさせてもらう。ビラは定規を使って筆跡がわからないようにしているが、警察が鑑定したら一発でわかる。指紋もついてるだろうしな。いいか？　いままでのことなら見逃してやるが、今後、一回でも中傷ビラが貼られていたら、すぐに警察に駆け込むからそのつもりでいろ」

一方的に言うと、ふたりの返事を待たずに裕二は踵を返した。

白状させるのが目的ではない、釘を刺す意味でふたりを呼び出したのだ。

だが、ハッタリではなかった。

「夢」を妨害しようとする者は、誰であろうと徹底的に排除するつもりだった。

☆　☆

「入るぞ」

裕二は声をかけながら、緑の部屋のドアをスペアキーで開けた。

闇が裕二を出迎えた。

「いないのか？」

玄関の電気のスイッチをつけ、リビングに続く中扉を開けた。

「おい、緑……なんだ、いたのか」

心拍が跳ね上がった。

蛍光灯の明かりが闇を切り取り、ソファで膝を抱き座る緑の姿が現われた。

「なんで、電気つけないんだよ。びっくりするじゃないか。ほら、買ってきたぞ」

裕二は緑の顔の前に、渋谷の老舗(しにせ)フルーツパーラーで買ってきたイチゴを翳(かざ)した。

「ごめん、食欲ないから」

素っ気なく言うと、緑はイチゴから顔を背けた。

「今日、なに食べたんだ？」

裕二は、訊ねながら緑の隣りに腰を下ろした。

「なにも……」

「だめだろ、なんか食べないと身体がもたないぞ？」

「あんなビラを大学中に貼られて、食欲なんてわかないわよ……どうして、あんなひどいこと……」

緑が唇を嚙み、肩を震わせた。

「ビラは、全部剝がしてきたよ」

裕二は、緑の肩に手を置きながら優しく言った。

「また、すぐに貼られるわよ」

「アミカと香奈に、今度やったら警察に突き出すって脅してきたからもう大丈夫だ」

「アミカと香奈に⁉　あのふたりが犯人だったの⁉」

緑が、素頓狂な声を張り上げた。

「ああ、本人達は否定しているが、間違いない。とにかく、もう、誹謗中傷は終わるから安心していい」

「許せない……あのふたり……絶対に、許せない……」

呪詛(じゅそ)のように繰り返す緑の瞳は、どんよりと暗い光を帯びていた。

「わかる、わかるよ。だけど、俺のために、許してあげよう」

裕二は、諭(さと)すように言った。

「ゆうちゃんのために許す？　それ、どういうこと？」

「来年の一月に、映画のオーディションがある。累計部数二千万部の人気少女漫画原作の映画化で、ヒロイン役のオーディションが開催されるんだ。その応募条件が、いま、マスコミで話題になっている。募集年齢は十八歳から二十歳までの、芸能プロダクションに所属していない素人の女性。条件的には、ピッタリだ。オーディションの段階からここまで話題の映画だから、かなりの数の応募者が全国から集まるだろう。

勝ち抜くのは楽じゃないが、もし、ヒロイン役に選ばれたら一気にスターの仲間入りだ。一月まで、もう、三ヶ月しかない。それまでに、ボディケアや演技レッスン……やらなければならないことがたくさんある。アミカや香奈に復讐している暇はない。なあ、緑。俺は……自分の人生をお前に賭けるつもりだ。だから、お前の人生、俺に預けてくれないか？」

裕二は、祈るような思いを込めて、緑の瞳をみつめた。

たしかに、「ミスコン」失格のダメージは精神的にも大きい。だが、ここで弱気になって立ち止まれば、ずるずると後退しそうな気がしたのだ。

前進あるのみ――こういうときだからこそ、攻撃的にいきたかった。

「ミス早徳」の冠を引っさげ芸能界に殴り込むというシナリオは崩れたが、「ミスコン」失格というアクシデントを逆手(さかて)に取って武器にすることもできるのだ。

「……ゆうちゃん……ありがとう……。あなたに、ついて行くわ」

感涙に眼を潤ませた緑が、きっぱりとした口調で言った。

「俺のほうこそ、ありがとうな。これまで、よく頑張ったよ。そうだ、失格とはいえ一度は『ミス早徳』に輝いたわけだし、お祝いをしなきゃな。なにかほしいものを考えといてくれ。あんまり高いのは無理だけど」

裕二は言うと、茶目っけたっぷりに片目を瞑(つむ)った。

緑を相手に、こんなに砕けた感じになったのは初めてだ。五年、十年……これから、長い年月、「夢」をともに追い続けるパートナーとの親交を深めるのも大事なことだ。

「本当に！　じゃあ、ほしいものはないけど、連れてってほしいところはあるわ」

緑が、声を弾ませて言った。

「ちょっと先のことになるんだけど、毎年、クリスマス・イヴに軽井沢で世界の紅茶展があるの。それに一度、行ってみたくて……」

「緑はレモンティーが好きだったんだよな」

「違う。いつもレモンティー頼んでたけど、本当はミルクティーが好きだって言ったでしょ」

頬を膨らませ、緑が否定した。

「あ、そうだった、ごめん。じゃあ、イヴの日に軽井沢に行こう」

「やった、約束だよ！」

緑がパッと顔を輝かせ、立てた小指を裕二の鼻先に翳してきた。

「ああ、約束だ」

裕二は柔和に眼を細め、白く折れそうな小指に小指を絡ませた。

20

街路樹に装飾されたイルミネーション、店先を彩るクリスマスツリー、ショーウインドウに白いスプレーで描かれた雪だるまのイラスト、そこここの店内から漏れ聞こえるクリスマスソングのＢＧＭ……今週末にイヴを控えた街はすっかりクリスマスムードに包まれていた。

「カップルだらけだね」

緑が、周囲に視線を巡らせながら言った。

金曜日の夜の代官山は、カップルで溢れ返っていた。

「イヴが近いからな」

裕二は言いながら、緑と食事をする店を探した。

「でも、珍しいね。食事に誘うなんて」

「たまには、そういうのもいいかなと思ってさ……あ、あそこでいいか？」

裕二は、洒落(しゃれ)たパスタ店を指差した。

「うん、どこでもいいよ」

「じゃあ、行こう」

人気店なのだろう、店内は若い男女連れで溢れ返っていたが、奥のテーブルが一卓だけ空いていた。

「飲み物はなににする？」

店員に促され席に着いた裕二は、メニューを緑に差し出した。

「アイスティーをください」

「じゃあ、俺はアイスコーヒーで」

店員に注文を出す緑に、裕二も続いた。

「パスタは？」

「ペペロンチーノ」

「俺も同じもので。なんだ、ミルクティーじゃないのか？」

店員がテーブルから離れるのを見届け、裕二は緑に訊ねた。

「もうすぐ、軽井沢に最高のミルクティーを飲みに行くんだから、いまは我慢するわ」

四日後のクリスマス・イヴの日に、緑と軽井沢の「世界の紅茶展」に行く約束をしていた。

アッサム、ダージリン、キーマン、ウバ、ニルギリ……世界各国から有名茶葉が集まる「紅茶展」は、紅茶好きにはたまらないイベントなのだろう。

「あ〜、早く、イヴにならないかな」

　ウキウキした表情で、緑が言った。

「ミスコン」から一月半が経ち、緑も失格のショックからすっかり立ち直っていた。

裕二がアミカと香奈を脅してから、緑にたいしての誹謗中傷ビラはピタリと止んだ。

「そんなに、愉しみ？」

「あったりまえじゃん。普段飲めないようなレアな茶葉がいっぱいあるんだよ。シーズン的な都合とか仕入れの問題とかで、あれだけの数の世界の茶葉が同時に揃うことなんて奇跡と言ってもいいんだから！　私、キャンディって茶葉を一度飲んでみたくて……ティーカップに注いだときに、ルビー色に染まるんだよ！」

　緑が瞳を輝かせながら、力説した。

「緑が、そんなに紅茶好きだとは思わなかったよ。家でも飲んでるのか？」

　考えてみれば、緑のことを知っているようで、なにも知らなかった。

　毎日のように顔を合わせても、話すのは「ミスコン」や芸能界についてばかりで、互いのプライベートのことは口にしなかった。

　緑もまた、裕二のプライベートはほとんど知らなかった。

　デリヘルの運転手をしていたことも、そして愛美との二度目の別れも……。

――いいよ、本気じゃないのわかっていたし。

もう、会うことはできない。

愛美にそう告げた裕二は、修羅場を覚悟した。

しかし、愛美の声は予想に反して冷静なものだった。

――え……？

――ホテルでも言ったでしょ、たとえ嘘でも嬉しいって。

――確かにそうは言っていたけど……じゃあ、なんで大学にきて、緑に俺とホテルに行ったことを……。

言い淀む裕二を、愛美が遮った。

――あなたのことが好きだからよ。

愛美が、躊躇（ためら）うふうもなく言った。

——都合のいい女でも、遊び相手でも、なんでもいい……裕ちゃんに、会いたかった。そして夢が叶って会えたあの日、裕ちゃんの心がここにないってわかっていても、抱き締められているとき、とっても嬉しかった……でも……。

それまで毅然としていた愛美の唇が震え、うっすらと瞳が潤んだ。

——……緑ってコに会ったのは、私の裕ちゃんへの、最初で最後の嫌がらせよ。そのぐらいのこと、私にもする権利があると思う。だって、裕ちゃんのしていること、はっきりいって最低だもん。

——……ごめん……。

結局、愛美を傷つけるだけ傷つけて、謝ることしかできない卑怯(ひきょう)な自分がいた。

——でも、もうしないから安心して。もう、私の中でも整理ができているから。ねえ、裕ちゃん、あの、緑って女の子のこと、好きなんでしょ?

——なっ、そ、そんなわけないだろ。彼女は、ビジネスパートナーなんだから。

唐突な愛美の質問に、裕二は動揺を隠せなかった。

——私に、気を遣わなくてもいいんだよ。好きなんでしょ？　認めちゃいな。気が楽になるよ。

——たとえ、そうだとしても、そういう感情は殺さなきゃならない。俺の「夢」と彼女の「夢」のために。

——「夢」かあ……私にとっての「夢」は、裕ちゃんと再会することだったから、早く次の「夢」を探さなきゃね。……あのさ、私ね、ミスコンの会場にいたんだよ。正直、びっくりしたの、緑ってコがあまりにも綺麗になっていたから。そして、あの告白を聞いて、勝てないなあって思った。裕ちゃんがそこまで必死になる緑ちゃんが羨ましかったし、自分の「夢」に向かって揺るぎない信念を持っている「菊池緑」という女の子が羨ましかった……ねえ、裕ちゃん。私もいつか、これからの人生を賭けられるような「夢」を見つけてみせる。もちろん、裕ちゃん以上に素敵な男の人もね。だから……その時は……また会おうね。

愛美の泣き笑いの声が、裕二の胸を掻き毟った。

そして、心で愛美に語りかけた。

俺が地獄をみせ続けたぶん、これからは素晴らしい人生が待ってる、と。

「うん、飲んでるよ。家にいるときは、アフタヌーンティーとかもやってるし。ティーバッグとかじゃなくて、ちゃんとポットに茶葉を入れて本格的にね。ああ～、早く軽井沢行きたーい！」

紅茶について語るときの緑は、いままでみたことないほどに生き生きとしていた。

「その軽井沢に行く前に、来年に向けての打ち合わせをしておこうか」

裕二は、本題を切り出した。

この話を、クリスマス・イヴに軽井沢に行く前に、どうしてもしておきたかった。

「なんの打ち合わせ？」

訊ねながら緑は、運ばれてきたアイスティーをストローで吸い上げた。

「ビジュアルの仕上げだ」

「もう、眼も鼻も脂肪吸引もやったじゃん。失格したけど、『ミスコン』で優勝するくらいになったし。手術、まだ、続けるの？」

緑が、怪訝な表情で訊ねた。

「一ヶ所だけ、デビュー前にどうしても直しておかなければならないところ……八重歯を取る」

「八重歯を⁉」

「ああ、そうだ。歯並びを矯正するのは女優として常識だ」

困惑する緑を、裕二はまっすぐに見据えた。

緑が、八重歯に執着していることを裕二はなんとなく感じていた。

だが、いま言ったように、テレビや映画でアップで映ることの多い女優が、歯並びを矯正するのは基本中の基本だ。

「私、容姿に自信がなかったときも、この八重歯だけはかわいいって言われてて、それでどれだけ気持ちが救われたかわからないわ。だから、八重歯だけはいじりたくないの」

「二重にした眼、高くした鼻、脂肪を抜いて細くした足、十五キロのダイエット……そこまでやっておいて、八重歯くらいなんだよ。みてみろ」

裕二は、用意してきたハンドミラーを緑の前に突きつけた。

「いまのお前は、クラスメイトやホストに馬鹿にされていた冴えない菊池緑じゃない。俺のプロデュースで美しい蝶に変貌し、ミスコンでもっとも話題を集めた羨望の的だ。いまでは学内の誰もがお前に憧れ、お前のようになりたいとファッションや髪型を真似する。誰のおかげだ？」

大袈裟ではなかった。

「ミスコン」直後は、整形をカミングアウトしグランプリを剥奪された緑の評価は下がる一方だった。

　だが、日が経つに連れ、自分に正直な生きかたがかっこいい、と緑に賛同する女子が増えてゆき、先月には、「傷だらけの果実」という見出しで、学生新聞「早徳大学新聞」のインタビューを受けたりもした。

　赤裸々に屈辱と復讐の思いを打ち明けたインタビュー記事が好評で、いまでは、学内で緑のファンクラブ創設の動きさえあるほどだった。

「もちろん、ゆうちゃんよ……だけど……」

「ミスコンは、プロデュースのプロローグに過ぎない。本編は、これからだ。いいか？　俺は、お前を三年でトップ女優に押し上げてみせる。学園祭レベルならいまのままでぶっちぎりだが、芸能界にはお前クラスの女の子はゴロゴロしている。八重歯だけじゃなく、顎も削ってもっと小顔にする予定だ」

　裕二は、敢えて、一切の感情を排除して言った。

　プロデューサーと女優としてやってゆくには、一定の距離を保つことも必要だ。

　一番怖いのは、緑が彼女気取りになってなあなあの関係になること……いや、自分が緑に惚れ、共演相手の男優などに嫉妬するようになることだ。

「ねえ、ゆうちゃんにとって、私はなんなの？」

　緑が、泣き出しそうな顔で訊ねてきた。

「……大事な『商品』だ」

冷え冷えと、あっさりと、事務的に裕二は言い放った。

眼を閉じた。

緑に特別な感情を抱きそうになっている「黒瀬裕二」を、無窮の闇に葬った。

「八重歯を抜歯するために、歯科医院を予約してある。もうすぐ時間だ。行くぞ」

そして、時計を見ると、緑の方を向かずに言い放った。

☆　☆

新宿西口の高層ビル街にあるカフェは、まだ朝の十時だというのにカップル客で溢れ返っていた。

このカフェは軽井沢行きの高速バスの乗り場が近く、しかも今日はクリスマス・イヴということもあり、カップルが多いのだ。

裕二は、窓際の席に座り、緑の到着を待った。

――ゆうちゃんにとって、私はなんなの？

不意に、緑の声が鼓膜に蘇った。

——……大事な「商品」だ。

そう告げたときの悲痛に歪む緑の顔が、八重歯を抜いた後のすべてに絶望したかのように俯いていた緑の後ろ姿が、頭から離れなかった。

あれから四日、緑とは顔を合わせていない。

大学は冬休みに入っているが、緑と同じウィークリーマンションに住んでいるので、その気になればいつでも会うことはできた。

会えば、喧嘩になりそうな気がして怖かったのだ。

裕二は、メールで今日の待ち合わせ場所と時間を送ったきりだった。

本当は、そんな面倒なことをしなくても一緒に出かければいいだけの話だが、カフェで待ち合わせすることで新鮮な状況にするのが狙いだった。

今日だけは、愉しく過ごしたかった。

顎のラインの矯正手術、薄い唇を魅力的でふくよかにする整形、演技レッスン、ボイスレッスン、ジムトレーニング、売り込み……来年からは、息をつく間もないハードスケジュールになる。

正直、裕二は紅茶にまったく興味がなかったが、緑にとっていい思い出になればそれでいい。

芸能界という生き馬の眼を抜く厳しい世界を乗り越えるには、自分と緑の信頼関係が強固なものでなければならない。

しかし、いまのままではだめだ。

緑は、自分にたいして不信感を抱いている。

「この前のこと、謝っておくか……それにしても、遅いな」

裕二は独りごち、腕時計に眼をやった。

午後十時十分……約束の時間は十時だ。

裕二は携帯電話を手にし、緑の番号をプッシュした。

三回目のコール音で、留守番電話のメッセージに切り替わった。

すぐに電話を切り、もう一度かけ直した。

ふたたび、三回目のコール音が鳴り終わると無機質なコンピューターの声が流れてきた。

待ち合わせの確認メールを送ったときには、緑から返信はあったので時間や場所を勘違いしているとは考えられない。

――ゆうちゃんにとって、私はなんなの？

また、緑の哀しげな声が耳奥で蘇った。

哀しげで……絶望的な声が。

「嘘だろ……」

裕二は呟き、伝票を掴むとレジに向かった。

会計を済ますと、カフェを飛び出した。

空車のランプを点(とも)したタクシーを止め、後部座席に乗り込んだ。

「運転手さん、中野駅っ、急いで！」

裕二は、叫ぶように行き先を告げた。

願った。

胸騒ぎが、気のせいであることを。

☆　　☆

ウィークリーマンションのエレベータに乗った裕二は、カードキーを取り出した。

八階――扉が開いた。

裕二は競走馬のように飛び出し、八〇二号室に走った。

カードキーを差し込んだ。


なによっ、勝手に開けないで！


緑の咎（とが）める声が浴びせられることを願いながら、ドアを開けた。

土足のまま廊下に上がり部屋に踏み入った裕二の足は凍てついた。

ガランとした室内……いつも部屋の片隅に開かれたままのキャリーバッグも、ヘッドボードに置かれていたＣＤコンポも、ベッド脇のテーブルに載せられていたスタンドミラーや化粧品類も、なにもかもがなくなっていた。

「どうして……」

視界が色を失い、膝が震えた。

「なんでだよ……」

うわ言のように呟きはしたが、この「悪夢」を引き起こしたのがほかならぬ自分であるだろうことは青褪（あおざ）めた思考でも想像がついた。

「一緒に馬鹿にした奴らを見返すって……」

室内の景色が、縦に流れた。

膝に衝撃と激痛が走った。
裕二の目の前に、涙に濡れたフローリングの床が現われた。

エピローグ

「私の顔に、なにかついていますか?」

瑞希(みずき)の声に、裕二は回想の旅から現実世界へと戻った。

「いや……昔、俺の知り合いに君と似ている女性がいてね」

裕二は温(ぬる)くなったコーヒーで喉を潤(うるお)し、遠い眼差しで宙をみつめた。

金も人脈も地位も名誉もなかった大学時代の裕二だったが、すべてを手に入れ売れっ子プロデューサーとなった現在(いま)の自分よりも輝いていた。

父と兄……裕二を高みから見下ろしていたふたりを見返すために、彼らよりも高い山の頂に上るためにわき目もふらずに走り続けた。

あの頃は、一分、一秒、緑を輝かせることに注いだ。

緑の光が増すたびに、裕二のエネルギーも増した。

緑が「ミスコン」で優勝したとき、我がことのように喜んだ。

緑が失格したとき、我がことのように落ち込んだ。

緑の喜びは自分の喜び、緑の哀しみは自分の哀しみ――自分と緑は、一卵性双生児のように通じ合っていた。

少なくとも、裕二はそう思っていた。

違った。

十五年前のクリスマス・イヴ……待ち合わせのカフェに、緑は現われなかった。

もぬけの殻となっていた、一緒に夢を語り合ったウィークリーマンションの八〇二号室。

その足で緑の自宅へ向かったが、親は何一つ、知らなかった。

殴られ、怒鳴られた。

冬休み中、あらゆる場所を歩き回った。

年明け、大学に休学届が出されていることを知った。

携帯へ何度連絡を入れたかわからない。

しかし、行方がわからなくなって半年後、その携帯も繋がらなくなった。

「私に似ている女性って、どんな人なんですか？」

瑞希が、興味津々の表情で訊ねてきた。

「黒瀬さんに失礼じゃないか」

慌てて、マネージャーの吉川が瑞希を窘めた。

「別に、構わないさ。大学時代のクラスメイトでね。彼女は、俺の手で育てた女優第一号のはずだった」

「はずだった……って、どういう意味ですか？」

瑞希が、身を乗り出してきた。

裕二は、緑との出会いから「ミスコン」優勝、失格……そして忽然と姿を消すまでの流れを掻い摘んで話した。

「大学生で、クラスメイトの女子を整形させて……凄いですね」

裕二の話が終わると、瑞希が感慨深げな顔で言った。

「黒瀬さんにとって、その女性はどういう存在だったんですか？」

踏み込んだ質問を重ねる瑞希に、吉川は気が気でない顔になっていた。

「どういう、存在……か」

裕二は、口もとに運びかけたコーヒーカップを宙で止めた。

——ゆうちゃんにとって、私はなんなの？

——……大事な「商品」だ。

数え切れないほどに回想した十五年前の緑とのやり取りが、裕二の胸を疼かせた。

あのとき、あの問いにたいして裕二の返答は間違っているとは思わなかった。

だが、悔いがないかといえば……それはノーだ。

もっと、ほかに言いかたはなかったのか？

せめて、フォローをしたなら結果は違ったものになっていたのではないか？

十五年の間、後悔の念が裕二を苛んだ。

わかっていた。

緑をひとりの女性として意識していたからこそ、敢えて傷つけるようなことを口にしてしまった。

「あの頃の俺にとっては、緑がすべてだった」

三十三歳になったいまだから、気持ちを素直に口にできた。

「そこまで思われていたのに、彼女はどうしていなくなったんでしょうね」

瑞希の顔からは、さっきまでの興味本位の色は消えていた。

「商品としか思っていない。彼女にそう言ったんだ」

「まあ……それじゃあ、いなくなっても当然ですね」

「こら、瑞希、なんてこと……」

「いいんだよ。それより、どうして当然だと思う？」

血相を変える吉川を制し、裕二は瑞希に訊ねた。

初対面の……しかも、売り込みに連れてこられた女優に、大学時代のほろ苦い思い出を語っている自分に裕二は驚きを覚えた。

裕二は、瑞希の口もとに視線をやった。

唇の端から覗く八重歯——緑の八重歯は、裕二が歯医者に連れてゆき抜歯させた。

八重歯がなければ……。

馬鹿げた考えを、裕二は打ち消した。

目の前の鳥坂瑞希が菊池緑であるはずがない。

もし瑞希に八重歯がなかったとしても、年齢も、眼も鼻も違う。

だが、それでも、瑞希に緑の面影を重ねてしまうのはなぜだろうか？

「話を聞いているかぎり、彼女は黒瀬さんを男性としてみていた……つまり、好きだったんだと思います。それなのに商品だと言われて、相当にショックだったんじゃないんですか？」

「しかし、俺はプロデューサーとして、彼女をトップ女優にすると約束していた。失格したとは言え、『ミスコン』でグランプリを獲ったし、すべてにおいて順調だった。たとえ君の言うように彼女の中にそういう感情があったとしても、我慢するんじゃないのかな？」

「結局は、そのときの彼女は女優になりきれてなかったんでしょうね。でも、あなたの前から消えて、自分が捨てたチャンスの大きさに気づいたのかもしれない。そしてふたたび、女優業に挑み、死に物狂いでトップを目指した。ひと足先に有名なプロデューサーになっていた黒瀬さんの前に立つに相応しい人間になるために……」

言葉を切り、瑞希が裕二をみつめた。

気のせいか、瞳がうっすらと涙ぐんでいるようにみえた。

「なーんて。すみません、その人のこと知りもしないのに勝手なこと言っちゃって」

瑞希が、一転して弾ける笑顔で言った。

「あ、そうそう、いきなりですけど、私の八重歯、どう思います？」

「え……？」

唐突な瑞希の質問に、裕二は虚を衝かれた。

「ずっと、みてますよね？　ここ」

瑞希が、自分の八重歯を指差した。

「あ、ああ、うん、さっきも言ったけど、女優に八重歯はマイナスにしかならないから、抜歯したほうがいいと思ってね」

慌てて、裕二は本心を悟られないようにごまかした。

「知ってました？　いま、逆に八重歯をつけるのが流行ってるんですよ」

「えっ……」

「歯医者さんで、八重歯をつけてくれるんです。驚きました？」

悪戯っぽく微笑む瑞希に、裕二は背骨に電流が走ったような衝撃を受けた。

もしかして……。

「鳥坂さん。映画化のヒロインキャスティングにおいての確認事項としてお伺いしますが、プロフィールに偽りはないですね？」

裕二は、宣材資料の生年月日の欄と瑞希の顔を交互にみながら訊ねた。

緊張に鼓動が高鳴り、掌が汗ばんだ。

「……鳥坂瑞希としては、偽りありません」

裕二の眼をまっすぐに見据え、瑞希は言い切った。

「君は……」

携帯電話のベルが、裕二の声を遮った。

「すみません。すぐに戻りますので」

吉川は申し訳なさそうに言うと、携帯電話を手に席を外した。

「君は……なんです？」

瑞希が、裕二の言葉の続きを促した。

間違いない――裕二の胸奥に確信が芽生えた。

「あ、いや……お代わり、なににする？　好きなもの飲みなよ」

裕二は、瑞希に訊ねた。

彼女のカップには、まだ三分の一ほどレモンティーが残っている。

干乾(ひから)びた喉に、生唾を飲み込んだ。

瑞希が口を開くまでの時間が、一時間にも二時間にも感じられた。

裕二は、祈るように眼を閉じた。

瞼の裏の漆黒のスクリーンに若かりし頃の裕二と緑の姿が……傷だらけの果実達が駆け抜けた、熱く、激しい、「青い季節」が映し出された。

「じゃあ、ミルクティーを頂くわ」

敬語ではなく、瑞希が答えた。

眼を開けた。

裕二の視線の先で、すっかりと色づいた果実が瞳を潤ませながら微笑んでいた。

*本書は二〇一二年九月、小社より刊行された同作を文庫化したものです。

傷(きず)だらけの果実(かじつ)

二〇二〇年 一 月一〇日 初版印刷
二〇二〇年 一 月二〇日 初版発行

著　者　新堂冬樹(しんどうふゆき)

発行者　小野寺優
発行所　株式会社河出書房新社
〒一五一－〇〇五一
東京都渋谷区千駄ヶ谷二－三二－二
電話〇三－三四〇四－八六一一（編集）
〇三－三四〇四－一二〇一（営業）
http://www.kawade.co.jp/

ロゴ・表紙デザイン　粟津潔
本文フォーマット　佐々木暁
本文組版　KAWADE DTP WORKS
印刷・製本　凸版印刷株式会社

Printed in Japan　ISBN978-4-309-41727-1

ホームドラマ

新堂冬樹　40815-6

一見、幸せな家庭に潜む静かな狂気……。あの新堂冬樹が描き出す“最悪のホームドラマ”。文庫版特別書き下ろし短篇「賢母」を収録！

枕女優

新堂冬樹　41021-0

高校三年生の夏、一人の少女が手にした夢の芸能界への切符。しかし、そこには想像を絶する現実が待ち受けていた。芸能プロ社長でもある著者が描く、芸能界騒然のベストセラーがついに文庫化！

引き出しの中のラブレター

新堂冬樹　41089-0

ラジオパーソナリティの真生のもとへ届いた、一通の手紙。それは絶縁し、仲直りをする前に他界した父が彼女に宛てて書いた手紙だった。大ベストセラー『忘れ雪』の著者が贈る、最高の感動作！

白い毒

新堂冬樹　41254-2

「医療コンサルタント」を名乗る男は看護師・早苗にこう囁いた。「まもなくこの病院は倒産します。患者を救いたければ……」――新堂冬樹が医療業界最大の闇「病院乗っ取り」に挑んだ医療ミステリー巨編！

脳人間の告白

高嶋哲夫　41676-2

想像してみて下さい。ある日、「脳」だけで生かされることになった自分を……何てことをしてくれたんだ！　十メートル四方の部屋を舞台に繰り広げられる、前代未聞の衝撃作！

水曜の朝、午前三時

蓮見圭一　41574-1

「有り得たかもしれないもう一つの人生、そのことを考えない日はなかった……」叶わなかった恋を描く、究極の大人のラブストーリー。恋の痛みと人生の重み。涙を誘った大ベストセラー待望の復刊。

花嫁のさけび

泡坂妻夫　41577-2

映画スター・北岡早馬と再婚し幸福の絶頂にいた伊都子だが、北岡家の面々は謎の死を遂げた先妻・貴緒のことが忘れられない。そんな中殺人が起こり、さらに新たな死体が……傑作ミステリ復刊。

妖盗S79号

泡坂妻夫　41585-7

奇想天外な手口で華麗にお宝を盗む、神出鬼没の怪盗S79号。その正体、そして真の目的とは⁉　ユーモラスすぎる見事なトリックが光る傑作ミステリ、ようやく復刊！　北村薫氏、法月綸太郎氏推薦！

迷蝶の島

泡坂妻夫　41596-3

太平洋に漂うヨットの上から落とされた女、絶海の孤島に吊るされた男。一体、誰が誰を殺したのか……そもそもこれは夢か、現実か？　手記、関係者などの証言によって千変万化する事件の驚くべき真相とは？

死者の輪舞

泡坂妻夫　41665-6

競馬場で一人の男が殺された。すぐに容疑者が挙がるが、この殺人を皮切りに容疑者が次から次へと殺されていく——この奇妙な殺人リレーの謎に、海方＆小湊刑事のコンビが挑む！

毒薬の輪舞

泡坂妻夫　41678-6

夢遊病者、拒食症、狂信者、潔癖症、誰も見たことがない特別室の患者——怪しすぎる人物ばかりの精神病院で続発する毒物混入事件でついに犠牲者が……病人を装って潜入した海方と小湊が難解な事件に挑む！

いつ殺される

楠田匡介　41584-0

公金を横領した役人の心中相手が死を迎えた病室に、幽霊が出るという。なにかと不審があらわになり、警察の捜査は北海道にまで及ぶ。事件の背後にあるものは……トリックとサスペンスの推理長篇。

悲の器

高橋和巳 41480-5

39歳で早逝した天才作家のデビュー作。妻が神経を病む中、家政婦と関係を持った法学部教授・正木。妻の死後知人の娘と婚約し、家政婦から婚約不履行で告訴された彼の孤立と破滅に迫る。亀山郁夫氏絶賛！

不思議の国のアリス　完全読本

桑原茂夫 41390-7

アリスの国への決定版ガイドブック！　シロウサギ、ジャバウォッキー、ハンプティダンプティ etc. アリスの世界をつくるすべてを楽しむための知識とエピソード満載の一冊。テニエルの挿絵50点収録。

憂鬱なる党派　上・下

高橋和巳 41466-9 41467-6

内田樹氏、小池真理子氏推薦。三十九歳で早逝した天才作家のあの名作がついに甦る……大学を出て七年、西村は、かつて革命の理念のもと激動の日々をともにした旧友たちを訪ねる。全読書人に贈る必読書！

日本の悪霊

高橋和巳 41538-3

特攻隊の生き残りの刑事・落合は、強盗容疑者・村瀬を調べ始める。八年前の火炎瓶闘争にもかかわった村瀬の過去を探る刑事の胸に、いつしか奇妙な共感が……“罪と罰”の根源を問う、天才作家の代表長篇！

推理小説

秦建日子 40776-0

出版社に届いた「推理小説・上巻」という原稿。そこには殺人事件の詳細と予告、そして「事件を防ぎたければ、続きを入札せよ」という前代未聞の要求が……ＦＮＳ系連続ドラマ「アンフェア」原作！

アンフェアな月

秦建日子 40904-7

赤ん坊が誘拐された。錯乱状態の母親、奇妙な誘拐犯、迷走する捜査。そんな中、山から掘り出されたものは？　ベストセラー『推理小説』（ドラマ「アンフェア」原作）に続く刑事・雪平夏見シリーズ第二弾！

殺してもいい命

秦建日子 41095-1

胸にアイスピックを突き立てられた男の口には、「殺人ビジネス、始めます」というチラシが突っ込まれていた。殺された男の名は……刑事・雪平夏見シリーズ第三弾、最も哀切な事件が幕を開ける！

愛娘にさよならを

秦建日子 41197-2

「ひとごろし、がんばって」——幼い字の手紙を読むと男は温厚な夫婦を惨殺した。二ヶ月前の事件で負傷し、捜査一課から外された雪平は引き離された娘への思いに揺れながら再び捜査へ。シリーズ最新作！

アンフェアな国

秦建日子 41568-0

外務省職員が犠牲となった謎だらけの轢き逃げ事件。新宿署に異動した雪平の元に、逮捕されたのは犯人ではないという目撃証言が入ってきて……。真相を追い雪平は海を渡る！　ベストセラーシリーズ最新作！

ザーッと降って、からりと晴れて

秦建日子 41540-6

「人生は、間違えられるからこそ、素晴らしい」リストラ間近の中年男、駆け出し脚本家、離婚目前の主婦、本命になれないＯＬ——ちょっと不器用な人たちが起こす小さな奇跡が連鎖する！　感動の連作小説。

マイ・フーリッシュ・ハート

秦建日子 41630-4

パワハラと激務で倒れた優子は、治療の一環と言われひとり野球場を訪ねる。そこで日本人初のメジャー・リーガー、マッシー村上を巡る摩訶不思議な物語と出会った優子は……爽快な感動小説！

キスできる餃子

秦建日子／松本明美 41613-7

人生をイケメンに振り回されてきた陽子は、夫の浮気が原因で宇都宮で餃子店を営む実家に出戻る。店と子育てに奮闘中、新たなイケメンが現れて……監督&脚本・秦建日子の同名映画、小説版！